U0068444

心水 著

# 代序：立文立人、盡言盡責

汪應果

黃玉液（心水）先生囑我為他的雜文集《散沙族群》一書寫序，我答應了。儘管我知道雜文並非我所長，我怕寫不出中肯的文字，但我知道他是在抬舉我，如此好意難卻，只有勉為其難了。好在寫序言並非是寫評論，文體自由得很，這麼一想，那就……寫吧。

## 一

我和黃先生相識，已近三年的時間。那時我初到澳洲，人生地不熟。想起自己已是耄耋之年，所剩時間不多了，還是留點東西給後人吧，於是就有了借寫作消受餘生的念頭。我原本就是中國作家協會的會員，如今到了海外，似乎也應該找個作家協會參加，畢竟，寫作也需要靈感的碰撞。中國自古以來，文人講究「以文會友」就是這個道理。然而一經瞭解，方知澳洲作家協會魚龍混雜，多如牛毛，猶如《沙家濱》中胡司令的「十幾個人七、八條槍」，一時竟令我沒有了主意。恰逢此時，我在報上讀到了黃先生的「世界華文作家交流協會」正在招收會員的消息，就給黃先生打了個電話，想瞭解一下該協會的理念為何。

黃先生告訴我，他所主張的文學團體是團結全世界的華人作家，共同為振興中華文化、繁榮海外華文文學而努力，成員不問政治傾向、宗教信仰、族群差異，只要認同自己是中華民族的子民，堅持中國的統一，反對「台獨」、「疆獨」、「藏獨」等等分裂勢力，都可以參加。在組織原則上，堅持民主公開透明辦會，反對弄權拉幫結派。他的這些想法是跟我頗為相近的，於是我就成了該協會在墨爾本地區的第一個成員。

這之後我倆之間的交往就逐步增多：郵件往來，書籍互贈，漸漸熟悉起來；他以自己移民多年的豐富經驗給我許多指點幫助，特別是為我的《文化憂思與生死奧秘》一書舉辦發佈會的傾心傾力，都令我深受感動，於是我們成了君子之交。

## 二

讀他的這本雜文集，立刻就讓人想起他這個人來，真可謂「文如其人」。在我的心目中，他留給我印象最深刻的有兩點：一是他對「作家」生涯的執著追求，這種執著十分令人感動。在他的文章中，他也披露了自己的心路歷程。他說自己從十七歲時起就下定決心成為一名「作家」，為此他不懈奮鬥了一生，即使環境再惡劣，迫害再嚴重，他也決不放棄初衷。開始時，我對他的這種追求並不十分理解，心想，在中國大陸，「作家」其實是個最沒人要的頭銜，有個流行的「段子」說，有一次馬路邊的公廁倒了，砸死了十個人，一查死者身份，其中七個都是「作家」，另外三個是貪官。這意思是說，在大陸貪官多如牛毛的情況下，「作家」是比貪官還更多的。之所以多，是因為大陸上自國家，下至省市縣，各級都有「作家協會」，除了國家級、省級的作家門檻比較高外，其他的大多處在習作水平。加上後來各大學為了賺錢紛紛舉辦「作家班」，於是「作家」們就如原子裂變被大量繁殖出來。大陸國家級的「作家」分兩種：一是「專業」的，一是「業餘」的。「專業」的由國家供養起來，屬體制內。只有被體制認可的作家，才能名利雙收，甚至飛黃騰達，否則有點獨立想法的，只能是被邊緣化，被排擠出局，最後你嘛什麼都不是，誰還稀罕你那頭銜？也就因為這個原因，後來像王蒙、王安憶等一批專業作家才會紛紛跑到大學裡去兼職，為的是換取一個教授的名譽頭銜。至於到了海外，「作家」就更不值錢了，除了港、臺那點芝麻綠豆大的地方外，華文文學根本沒有市場，華文作家若想靠賣文吃飯，那非餓成撒哈拉沙漠裡的乾屍不可。所以開始時我對心水的追求是很不理解的，心想大概這是他早先在越南生活形成的觀念，到現實裡是要碰壁的。

但是心水卻把「作家」當成一樁神聖的事業來幹，不僅自己拼命地寫，也以極大的熱情投入到文學的社會組織及社會活動中去，且頗具成效。他是二十世紀澳大利亞華文文學的倡導者之一，組建過不少文學社團，近年來他所組建的「世界華文作家交流協會」在很短的時間內即搞得風生水起、迅速發展壯大起來就是一個明證。

他給我的第二個深刻印象，就是他是一個真正的愛國者。這裡說的「國」，不是指他原先的居住地越南，而是「中國」，或被海外華人稱之為的「大中華國」。應該講，當我最初意識到這一點時，我是頗為驚訝的。有件事我印象猶為深刻：我曾寫過一篇文章，是關於南中國海島嶼的問題。

由於先父早年曾為保衛南中國海與日本海盜血戰過，因而我具有強烈的南中國海的情結。在我的文章裡不僅介紹了南中國海諸島的中國主權歷史，而且表達了對周邊「鳥國」大肆侵略掠奪的憤慨。這篇文章我很擔心與心水意見不合，但我沒有料到的是，他跟我的看法竟然完全一致。我這才知道，心水雖然曾僑居越南，但他始終保有的是一顆中國心（其實，越南過去也是中國的屬地，要不是二戰勝利後老蔣拒絕羅斯福總統的建議收回越南，中越之間早就是一家了）。打開這本雜文集，我們看到的是一顆愛國愛民族的火熱的心，他那憂國憂民的情懷，令讀者為之動容。

心水常說，愛國不等同於愛黨。在他的眼裡，國家和民族是全體子民的共同的精神家園，是我們的母體，我們的身體裡流動的是母體的血液，須臾不可分離；而黨只應該是被國民所選擇並為國民服務的僕人和工具，因而不存在愛與不愛的問題，好就讚揚，壞就批評，體現在這本雜文集裡，就是他那一事一議、對事不對人的實事求是的態度。在今天國內充斥著一大群「愛國賊」的情況下，心水這種獨立於體制外的文人人格尤為令人敬重，因為它體現出了另一種忠誠。

## 三

心水的雜文集題名《散沙族群》，它集中指出了當今中國社會現實以及當下中華文化的要害。就這個問題，有必要多講兩句。

中國人的不團結，散沙特性，歷來為先進中國人所詬病，一個半世紀以來，人們總是以落後的國民性來加以批判。今天有必要重新檢視一下，這種批判到底取得了什麼效果？從實踐來檢驗，應該承認，這種批判幾乎沒有取得任何成效。一百年前的阿Q，今天照樣存在，甚至更甚。

這並不是說當年先進的中國人批判國民性是批判錯了。問題在於今天必須總結的是，為什麼這種批判不起作用？到了今天，以至連魯迅的作品都要落到從中學課本裡被請出去的下場。

在這裡我想重新思索一下這個問題。

我想說的是，中國人並不壞，中國人身上有許許多多令人感動的地方，一味地指責中國人既不解決問題也不公平。中國人身上的毛病完完全全是壞的制度造成的，說白了，就是幾千年的封建專制制度以及後來的封建集權制度。這種秦始皇的統治術它存在的前提就是百姓的分裂和愚昧，因此它必須用各種手段監視、分化、瓦解人民，於是分而治之和愚民政策就成了它的不二法門。所以帳要算在萬惡的制度的頭上。這不是說中國人自己不要負責任，自己不要驚醒過來，因為所有的落後國民性最終惡果都是要由中國人民來買單的，因此這裡講的首先是把責任分清主次的問題。

其次，改變這一現狀我們又面臨著一個怪圈，因為我們一下子就又回到了一個世紀之前的老問題，即先有蛋還是先有雞：要想改變國民性，必須先改制度；然而要想變革制度，又必須有好的國民性，否則任何革命都只能是重新洗牌，毫無價值。中國一百多年來出現的問題就是這個怪圈不斷惡性循環的結果。

今天先進的中國人面臨的挑戰應該是想盡辦法如何打破這個怪圈的問題。

我個人的意見是，中國必須要出現一場全民族的思想大解放，一場「狂飆突進運動」，我們必須要湧現出無數的思想高峰，他們不顧任何禁忌，不怕任何權威，一切拿到理性的法庭來審視評判。整個民族只有經過這場思想的大洗禮才能真正獲得新生。只要想想中世紀歐洲的覺醒過程，他們當年出現了多少思想巨人，而我們近代中國，除了 孫中山、魯迅乃至巴金外，很少有能和世界接軌並比肩的大思想家，我們患了嚴重的思想貧血症，它使我們無力去打破這怪圈的禁錮。

先進的思想，先進的思想家，猶如水，一旦遇到散沙般的混凝土，就能產生化學反應而凝結為堅硬的水泥。今天的海外華人，也不例外。

明白了這個道理，今天先進的中國人，尤其是海外熱愛中華民族的文化人，應該想自己所想，言自己所言，堅持體制外的獨立人格，為迎接思想大解放多做培土、耕耘的工作，我想這也正是心水這部作品的意義之所在。

註：代序作者汪應果先生曾任南京大學中文系教授、博士生導師、研究所所長共達二十三年之久。繼任澳門科技大學教授，三年後退休、於二〇一〇年十二月移居墨爾本。現為「世界華文作家交流協會」學術顧問。

二〇一三年十一月八日於墨爾本

# 自序：書生盡言責

心水

十年前開始用電腦創作，所有作品皆可分類存檔；之前手寫的篇章，發表後或剪報留存或已丟失，現已無精力與時間再去整理或重新打字。

有了電腦檔案記錄，才知道平均每年撰稿八、九十篇。過去十年創作的雜文竟然多達四百三十八篇，等於每年四十餘篇之數，占其餘類別的文體三分一，數量可算不少呢。

近年來在台灣先後出版了詩集、兩部長篇小說與三冊散文集，在澳洲發行了三本極短篇小說集，在北京出版了「飛鴿傳書」微型小說集，早年在香港「大地出版社」和美國洛杉磯「新大陸詩刊」也出版了幾冊著作，總共十二部著作包含了長篇小說、極短篇、散文集及詩集，唯獨欠缺雜文集。

其實、在我創作各類不同文體中，用筆名「醉詩」發表的文類唯獨是雜文，各地讀者較為稱頌及能引起共鳴、留存深刻印象的拙作，也都是我的雜文。

之所以至今才想起編輯雜文結集，因為這類文字往往涉及政治、時事、批評及議論，免不了局限於時間性。所論所評，今天重讀也許已是明日黃花。同時、尖銳的雜文如刀劍、諷刺文章總會引起那些被嘲諷者的不快；那些被諷刺者或是個人或是社團或是政體甚至是國家，習慣言論自由的國度，讀者都會一笑置之。相反、在一言堂的專制國家，或海外華社多如過江鯽的僑團領導們，並非人人有著寬敞的胸襟。

根據存檔的幾百篇雜文，總字數接近五十萬字，可以同時出版四部新書。五月底心血來潮，想到是時候編選一部「醉詩」著作了，與各地讀者、尤其是台灣讀者們結緣，便每週抽空編輯。退而不休，雜務煩多，前後歷時兩個多月、才能從幾百篇文字中，編成這冊「散沙族群」的雜文集。收錄集內的文章、當初在各地發表時一律是用「醉詩」筆名，如今結集改以「心水」署名，主要是不想讓讀者們誤會，以為是另位新的作家。

當初撰寫雜文，絕沒有想到會堅持至今，並且成為我不同文類作品中占了三分之一的數量。更不知道因為這種諷刺、批評、議論的文稿，會成為在墨爾本有身份的某些「強國人」特別的關注。一介書生如我、竟然會成為被拉攏、被收買、被統戰的對象？

幸而我天生硬骨頭，執著真理、堅持正義、熱愛國家和民族。當年在怒海飄流十三日、幸運的沒被南中國海的鯊魚群吞食；淪落印尼無人荒島十七天，大難不死。心想老天爺對我舉家仁慈，做人豈能埋沒良知良心？為何要攜婦將雛全家老幼冒險犯難與怒海生死拼鬥？感恩澳洲政府人道收容，身為政治難民，豈能違背尋覓自由民主的初衷？

因而撰作雜文或評論文章時，自然而然的歌頌自由與民主政制，反對專政獨裁統治、鞭笞苛政殘暴不仁。對社會、團體、宗教以及華族那些有違常理的怪事，有感而發，無非是略盡書生言責而已。

可堪告慰的是，這些文字完全出自個人的認知與良心，有感而發、對事而不對人。敝人囿於學識及見解，所論所述難免有錯，歡迎讀者們不吝賜教。

全書共收錄七十八篇文章、書名選用首篇文題，亦含有諷刺海外華族習性。次序根據文章題目字數多寡排列，內容沒有歸類，合乎雜文之「雜」字，讀者可依個人好惡選讀。

感謝汪應果教授為拙著作序，深感榮幸及增光。謝謝臺灣秀威資訊公司再次出版拙書，始能再與讀者們結緣。雜文集面世、適逢與內子婉冰牽手六十年，作為慶祝「鑽石婚」紀念的禮物獻給愛妻，感恩賢內助婉冰六十年如一日的照顧我生活起居，溫柔體貼對我幾近縱容的深情，再忙也會為拙稿細心校對，更是我的一字之師，衷心銘感。

二〇一三年七月廿五日仲冬於墨爾本無相齋
二〇二〇年三月二日初秋修訂於墨爾本
二〇二〇年十一月二十七日第三次校對於無相齋
二〇二四年三月十五日定居墨爾本四十五週年重修
二〇二四年四月三十日南越淪亡四十九週年完成校對定稿

# 目次

# 散沙族群

號稱有炊煙的地方就會有中國人，證明華族足跡遍天下，主要還是人口眾多。早年中國國家窮困，尤其晚清朝政腐敗，民生凋敝，沿海各省人民往外逃，形成了東南亞龐大的僑居地。

離鄉背井，淪落異域，風俗習慣有別、語言不通，身心痛苦難以想像。同聲共氣的華僑很自然的形成一體，休戚相關；因而集會結社，無非互通有無互助合作，攜手在新鄉打拼。

先輩老僑組成的同鄉會、宗親會、相濟會還肩負了弘揚中華文化的使命，讓後代兒孫能承傳中國優良傳統，延續香火光大門楣。當國父　孫中山先生奔走革命，要推翻喪權辱國的封建清皇朝；海外僑胞莫不出錢出力，甚至從容就義，為祖國獻出了寶貴生命。因而贏得了國父稱頌：「華僑是革命之母」的美譽。

直至兩黨決裂海峽分隔，大陸與臺灣的當政者為了獲得海外僑胞的支持，開始了「你死我活」的鬥爭，把無形的戰場移到海外各地。消耗大量人力物力與金錢去拉攏、收買、統戰在居留地的華人領袖及團體。兩岸成立的僑委會、僑辦會配合駐在地外交官員們大展拳腳，或明或暗的交鋒。

當了僑領者，不是被大陸邀請回國觀光，就是被臺灣請到寶島；影響大的「雞掌鴨掌」們更得了兩岸種種不為外人所知的「好處」。於是全球各地華社就冒出了多如「過江鯽」的五花八門團體：如同鄉會、宗親會、相濟會、麻將會、校友會、芝麻綠豆會、聯誼社、十人會等等無奇不有的組織。

流傳的笑話稱：只要在「唐人街」大喊一聲「會長」，總會有十幾個人回首觀望？為了在兩岸獲得更高「待遇」，聰明人進而將「芝麻綠豆會」擴大，在其它地區成立類似分會，於是衍生出了地區、洲際及世界性的聯合會。當上「必輸長」還不過癮，竟妄想比聯合國的秘書長更高職位，美國加州竟出現了：「永遠最高名譽總必輸掌」這等貽笑天下的「怪職銜」？

從海峽兩岸四地到海外華社，近半世紀來、有識之士莫不苦口婆心的大聲疾呼「團結」，可是、越喊「團結」卻越不團結？海外僑社更如「原子分裂」般的越分越散，海外華人群體，最終形成了可悲可笑的「散沙族群」了。

這種怪現象終於驚動了專搞「統戰」收買人心的中共政權；在去年十二月底「僑辦」公開了批評文章，引起了歐洲及南非等地僑胞的極大關注。並以「海外僑團花樣百出內耗嚴重華人形象受損」為題貼上網站，展開了熱烈討論。

其中一段報導抄錄如下：

「……目前華僑華人遭受形象『危機』最嚴重的是在義大利、西班牙、法國、英國及南非等較發達國家，有關華社負面報導不斷，華僑華人生存發展環境惡化。

據不完全統計，僅溫州籍僑團就有二百二十七個之多。在同一地區、同樣的服務人群，眾多的僑團之間、僑領之間矛盾衝突不斷。有的一個國家『和平統一促進會』就有兩個，『和平統一促進會』內部就不『和平』、不『統一』，甚至相互打架，被當地臺灣省籍僑胞當作笑話。一些僑胞爭當僑團負責人，就是為了在國內能享受種種禮遇、光宗耀祖。在海外真心實意為僑胞服務、做事情的僑領有時因為名額限制（大多是各僑團平均分配）請不進來，騙的、虛的、鑽空子的，反而請了進來。

南非福建同鄉會會長李新鑄估計，華僑社團中至少有二〇%是『一人會』。『一人會』就是指註冊的社團中只有他一個人……。」

世界之大無奇不有，但沒想到居然會有「一人會」這種「厚黑學」專家才能想到的「混騙怪招」呢。

澳洲仁慈德政，擔心新移民初履斯境，寂寞難耐，日子漫長無所事事；故訂下立會結社只要找到五位志同道合者，便可注冊創會，無非讓新移民們過渡時期能早日適應新鄉。他們這些團體目的是交誼、玩樂、相濟、聯繫、交流及互助吧了。當領導更是為眾服務，枵腹從公，並無其他見不得人的目的。

而單純的澳洲人絕沒想到「聰明絕頂」的華人不但五人可以創會，竟然也能「買空賣空」連每年幾十澳元的立案費也省下。只要在名片印上幾個「子虛」會長、「烏有」秘書長，再來是會名前冠上「全美」、「全澳」「歐洲」、「大洋洲」、「世界」、「地球」甚至「太空」、「宇宙」等等鴨掌、雞掌、鵝掌、必輸掌、總必衰長……。

海外華人「散沙族群」經已形成，已驚動了「僑務休兵」、「外交休戰」的兩岸政權，官方才會發聲。如今要看看半世紀來、兩岸鬥爭造成海外華人分化的「錯誤政策」、而衍生了「散沙族群」這嚴重局面及後果，要如何收拾？

二〇一〇年二月一日

倭寇們在其背後主子操縱下，忘恩負義而強蠻將「釣魚島」侵佔；以極其荒謬的向非法產權人「購買釣魚島」？導演了史無前例的一幕引起全球炎黃子孫公憤的「醜劇」。

無視中、日兩國多年友好，東洋極右份子政客們的野心、必將再次給其國家帶來慘重災禍。亦將面臨戰爭危機，成為破壞世界和平的罪魁禍首。全球華族莫不義憤填膺，連日聲討之聲不絕於耳。

中國人民在「九一八」怒吼了，全國有超過一百多個大小城市、舉行了聲勢浩大抗日示威與遊行。接下來在不同的時間，先後有美、加與歐洲各國等城市的華人、華裔與中國留學生們，紛紛舉辦了「保釣」的集會示威、或到日本使、領館呈遞抗議書、或當街焚燒倭寇國旗等愛國行動。

自九月中至今、將近一個月，我總在企盼墨爾本的僑社、僑校以及多過雜貨店的幾百個各類大小社團等領導們，應該有所行動？可是、左等右盼望到頸也長了，居然都無半分動靜？

正在百思難解的期待中，忽接洪門民治黨雷謙光盟長的電話，告知「洪門」正在籌備一次抗日遊行。並已邀請臺灣的社團參加，以達到團結合作、祈望海外僑胞能攜手、共襄盛舉的一齊參加大示威。雷盟長並興奮的告知，已定於十月四日早上十一時、亦將抗議地點詳告。

沒想到「洪門」兄弟們登高一呼外，並廣邀了親臺灣的社團負責人參加籌備會議；落實了「促進僑社和諧」的目標。真是不愧為墨爾本華族社團的階模，比那些沽名釣譽的鴨掌、鵝掌必輸掌們所領導的：「某某大食聯合會」、「中南半島飲宴社團聯合會」等更讓人刮目。

終於等到了遊行示威抗議鬼子的吉日良辰，急不及待的趕到墨爾本市中心，到達火車總站時、意外遇到書畫家蘇華響兄，與老友結伴同行，傾談自然離不開當日「保釣」活動主題。

在集合地點的中、英文抗日紅橫額如：「釣魚臺是中國固有領土」，遠遠就瞧到一片旗海，行至近處映眼是多張鮮艷奪目的 Bourke Street 與伊利沙白大道交界處，人人手上還持著方塊標語，不少是「兩岸攜手、共同保釣」、「還我釣魚臺」、「打倒日本帝國」等等……。

講檯前見到雷謙光盟長穿著西裝領帶、精神飽滿欣然含笑與前來的友好們寒暄；伍頌達主委手拿擴音器指揮，伍長然元老、黃卿雲、李仲德、陳道平等洪門骨幹也忙著分發中、英文傳單。

見到澳亞電視台黃贊綱台長、澳華博物館區鎮標主席、墨爾本日報黃惠元副社長、閩南會館洪紹平會長，還有剛下飛機聞訊趕來的墨爾本市市議員候選人李佩玲女士、後來才知道中華青年會劉彪總教練、天后廟葉膺焜前主委、史賓威工商會黃肇聰會長、盧桂嫻女士等僑領都在後邊，隊伍中無法逐一招呼。攝影家李劍英手拿專業相機、忙到不亦樂乎的到處獵取鏡頭、見到敝人不忘展顏致意。

聚集群眾中有不少是中國留學生，隊伍開始移動、朝日本總領館前進，這班熱血的男女學生們、口號喊得夠響夠亮，壯大了抗議聲勢。遊行到日本駐墨市總領事館外，伍頌達主委發表慷慨激情的演講，大家不停高呼抗日口號，數百人群於午後一時始星散。

為讓各地讀者了解此次在墨爾本市中心、發起盛大遊行示威「保釣」的主辦單位「洪門民治黨」這個著名社團，特介紹如下：

澳洲維州墨爾本市是華人掏金時期聚居的大城市，為了守望相助，先賢們於一八九七年成立了「義興會」，到一九一一年改名「致公堂」，一直到一九四九年再變更為「墨爾本洪門民治黨」。

義興會成立初期、除了為會員們謀福利外；更以協助遠在中國風起雲湧志在「推翻滿清」的運動。該會提倡忠誠義氣、全力支持　孫中山先生領導革命事業為宗旨。辛亥革命歷史最著名的戰役「黃花崗起義」，犧牲的七十二烈士中就有多達六十餘位洪門兄弟，而國父　孫中山先生更是「洪門大哥」呢！

近年的宗旨、加強團結，集中力量、履行黨綱，力謀黨員們的社會福利。促進澳、中友誼、弘揚中華文化、舉辦正當娛樂活動。該黨每年農曆新年在墨爾本市中心華埠，出動多隊醒獅團到各商店采青，將全部收入撥贈予墨爾本皇家兒童醫院充作經費，此義舉經已延續數十年，為華族融入主流社會樹立良好形象。

洪門公約中開始兩句是：「忠心義氣、愛國愛民」，因為洪門先賢們幾乎都是曾參與推翻腐敗無能的滿清皇朝。墨爾本洪門民治黨繼承忠心愛國的精神，在促進兩岸和諧、化解僑界不同意識形態的分歧做了大量工作。

如今「洪門精神」繼續發揮、在雷謙光盟長、伍頌達主委領導下，墨爾本「洪門民治黨」黨務蒸蒸日上；此次率先籌辦上述的抗日保釣遊行示威，影響深遠，真是可歌、可頌、可敬、可佩！老朽感動之餘持撰文以紀其盛。

二〇一二年雙十節日於墨爾本

# 伙伴精神

澳洲雪梨馬丁廣場一家咖啡館日前被恐怖份子入侵，這隻獨狼是伊朗移民，單槍匹夫挾持了十七位包括該職員與顧客的人質，與世無爭寧靜的人間淨土剎時間成了世界焦點。馬丁廣場在前後十餘小時的隔離後，最終傳出槍聲，兩位人質被殺害，該名恐怖份子也當場被澳洲反恐人員擊斃。

遇難的人質一位是該咖啡館經理，一位是女大律師，後者為了保護另位懷孕同事而被獨狼開槍，留下三位未成年子女。由於她英勇捨身取義，頓時與該犧牲的經理成為全澳洲人民的英雄人物。前往馬丁廣場獻花的人民絡繹於途，從澳洲總理艾搏特伉儷、紐修威州州長夫婦、雪梨市長、總督等政要到各階層的老百姓們。

堆積如山的鮮花蔚為奇觀，幾乎能與當年英國王妃戴安娜、因交通意外香消玉殞後、人民自發自動前往悼念與獻花的盛況相似。廣場上一片花海越堆越多，鄰近幾家花店每天都見到排長龍的隊伍，市民明知再多鮮花也無法挽回兩位英雄人物的生命，但卻能將敬仰之情藉由鮮花寄托。

這次到馬丁廣場追悼這兩位被恐怖份子殺害的英雄，是來自不同國家與民族的澳洲公民，人們除了哀悼被害者外，莫不表現了對恐怖份子的憤怒。

那隻害人獨狼的屍骸，沒有任何親友或團體認領，包括那一大班阿拉真主的信眾們，即時與他劃清界線。雪梨市內各回教團體領導們即發表聲明嚴詞責難，更不會去收屍。只能花費納稅人金錢由市府委託殯儀館草草埋葬。

澳洲先民們遠從英國渡海而來，不少是被流放的罪犯，少部份是看管的軍警們，到了這塊荒蕪大地，要與天與地與荒野搏鬥。為了生存、這些囚犯自然而然要互助合作，共同建設簡陋居所，墾殖土地種植各類糧食。

郊外山林草叢荒嶺、自有蛇蟲鼠蟻、狼群走獸，若落單必會遇險；同是天涯淪落人，自然守望相助；久而久之形成了獨特的澳洲式「伙伴精神」，早已成為了澳洲廣大人民深入骨髓的生活模式。

城市人都因為生活忙碌，這種精神極少流露；只要駕車到遠地、在公路上或農村田野小徑；萬一汽車有故障再開不動時，只要向人求助，那些陌生的村民或過路的汽車司機，力所能及的都會伸出援手。

我曾經駕車郊遊、早年車內尚無導航器裝備，迷路是正常事；停車暫借問，被問的洋人，都極熱心指點。有更熱心者還非得親自駕車在前帶領，及至大公路才按鈴說再見，掉頭回去。

近半世紀以來、自從解除了白澳政策後，國家開始吸納大量移民，每年從全球各國接收了十餘萬眾新移民；主流社會洋人們、多少會擔心將來澳洲傳統風俗習慣，慢慢會被新移民改變？

這種憂慮看來是杞人憂天了，全國兩千三百萬人口，海外出生的新來者始終是佔少數；移民後裔們只要是年幼時跟隨父母到達、或在澳洲土生土長，接受教育及社會規範，及長莫不成為了「黃皮香蕉」或「黑皮香蕉」，英語已成為新生代的主要溝通言語，其思想行為也幾乎被洋化了，也就是澳洲生活模式所同化。無形中澳洲伙伴精神也深入了其身心，主流社會的人生觀、生活習俗都會如影隨形，移民長輩們所擔心後代將被洋化或同化都會成為事實。

擁有這種獨特伙伴精神的澳洲人民，等同大團結；一旦外敵入侵，自必義無反顧的挺身而出，奮勇抗敵保衛國家。合伙人通常是彼此認識，較易溝通；但澳洲人發揮「伙伴精神」並非都是相識者，只要目標相同，便會同仇敵愾。

此次舉國為兩位犧牲生命的英雄表達哀悼，雪梨各族裔市民排隊購買鮮花送到馬丁廣場，讓花堆積成花山花海，正是澳洲人民發揮了傳統的伙伴精神力量，也讓極端凶殘的恐怖份子們知悉，只要咱們的伙伴精神還在，再凶悍再恐怖之惡魔，我們都不會懼怕啊！

二〇一四年十二月廿一日於墨爾本

# 萬姓同源

身為炎黃子孫，向來也沒有查探究竟中國有多少姓氏；由於人民的代名詞都用「百姓」，在交談中提起的往往也說「百家姓」，故此直覺認為頂多不外一百餘種不同姓氏吧了？

多年來在創作書寫及大量閱讀過程中，始漸漸感到中國人的姓氏不止那麼少？也曾好奇請問過一些博學者，但大多說不出個正確數目；無非以模稜兩可的推測，有說大概幾百？有說不過一千？從來沒有人告訴我，咱們的姓氏超越一千者。

一千的數目已可觀極了，是故心中雖存疑，是否真的多過一千或少於千數？反正是很多啦！在報上、書本或交往的人群中，無論如何也找不到那麼多不同姓的人。

及至應邀到臺灣林口巨蛋體育館，參加今年元旦日舉行的「廿一世紀中華民族聯合祭祖大典」期間，在觀訪主辦這個六萬人盛典的機構「禪機山仙佛寺」臺中大道場時，住持「混元禪師」引領全體海外嘉賓到地下大祭壇，我們驟然面對著四壁排到擠擁密集的先祖姓氏靈牌目瞪口呆。

大家不約而同的感到自己的無知，什麼百家姓千家姓，都是胡亂猜測而冠上個整數以便統稱，混元禪師微笑的示知，炎、黃、蚩子孫總共有一萬一千九百七十八個姓氏（11,978）。有那麼多嗎？是耶非耶？算算不就清楚？

由於四壁的靈位排得太高，根本無法點算，大多數的觀訪者都趕快尋覓自己的姓氏，我放棄點算後也在靈位中細讀，不少字別說讀音不會，可是連見也沒見過呢。電腦的字源也沒有存入，所以要打也打不出來。有一個姓是由「龍」在上「鳥」在下組合而成，「大新倉頡」輸入法沒有。要在「速成」輸入才找到，就是這個字：「鸗」真不懂如何發音？

最少筆劃的姓是姓「一」，最多筆劃的是三十劃的「鸞」姓。我的姓：「黃」氏祖靈排在六千六百四十處，是依筆劃多少排列。複姓從二個到八個字組成，如果讀者有機會讀到這組字「特吉孟卡爾他苦魯」，肯定覺得莫名其妙，這就是八個字長的複姓啊。

混元禪師說，因為要辦這個祭祖大典，就要把祖先的神靈都請來供養。於是「禪機山仙佛寺」便開始搜集，後來大陸有一位學者收錄到萬家姓，但因為索價太高無法成交。幸而其弟子在網站上找到「香港佛陀教育協會」有一座「萬姓先祖紀念堂」，於二〇〇二年十月才落成，經過接洽，該協會知道是為了祭祖用途，分文不收的把萬家姓資料贈送予「仙佛寺」，混元禪師立即派弟子們往香港迎接萬姓祖靈。

為了使中華後世子孫永遠保存萬家姓氏的寶貴資料，混元禪師創立的「臺灣鬼谷子學術研究會」承印出版了《中華道統血脈延年》這部精裝書冊，把一萬一千九百多姓氏及「中華歷代天子帝王聖號」的八百多位統治者聖號都收錄其中，離開臺灣前夕的惜別會上，我們意外獲贈這本珍貴的書籍，真是喜出望外。

中華民族是由多元民族所組成，向來我們習慣自稱「炎黃子孫」，對於其他的少數民族是很不公平的。因為許多邊疆族裔的始祖並非炎帝黃帝，而是被黃帝打敗的蚩尤帝。故此正確的叫法應該是「炎、黃、蚩子孫」才對。難怪在大祭壇上祭祖時，正中央是軒轅黃帝聖像，兩旁是炎帝和蚩尤帝。

根據佛教輪迴學說，靈魂不滅論，生死死生世代輪迴，今生我姓「黃」，前輩也許姓「陳」，後世說不定姓「心」（我的筆名心水，如今才知「心」也是姓氏。）

當然在一萬一千多姓氏中，已經有不少早已絕嗣，這些祖先無後代祭祀，所以混元禪師發大慈悲心，把他們全邀請回來供奉。

推算到結果，不論我們是何姓氏，也不論我們的原籍在何處，由於歷經生生世世百代千代，我們都是炎、黃、蚩先祖的子孫。同宗者相遇時都會說五百年前是一家人。其實，異姓者也是兄弟姐妹啊！輪迴糾纏不清，前世今生後代，我們或多或少總會有關係，只是彼此不知而已。

歸根究底萬姓本同源，科學家已從人類基因的研究得悉，百萬年前我們人類的始祖，本是同根同源同宗。天主教、基督教的經書早已說人都是阿當夏娃的子孫，這些本來都是兄弟姐妹的人類，如今無時無刻的鬥爭殺戮，實在愚不可及。

姓氏只是一個記號，一如名字。我們勿要囿於一家一姓的小圈子，也勿要囿於一鄉一鎮一省一國的界限，應以博愛心去愛所有的人，應以宏觀的心態去面向世界。如此、人才能無分彼此，不分宗親同鄉種族國界的和諧相處。

二〇〇四年二月二十三日

# 盛夏迎春？

陽光明朗的二月天、隨便在大洋洲各大城小鎮遇見過往的華裔，客氣啟口：「請問現在是什麼季節？」；被問者不論男女、是老僑或新客，八九不離十的會回應說：「春節嘛、當然是春季啦！」

至於那些從東南亞各國前來觀光的遊客們，自然反應理所當然的會想也不想的就語氣堅定的、含有嘲笑式的說是「春季啊！」。心中說不定還在嘀咕問者是否弱智呢？幾乎年年二月都是農曆新年、家家戶戶過春節，那還要問嗎？

由於人類的高智慧、科技不斷發展，漸漸將時空距離拉近，真正落實了「天涯若比鄰」這句零疆界的形容，地球村因而形成了。但人類社會再如何發展，都無法讓地球生態隨人的意志而更變。一年四季的運行，都因所處地理位置而有別。所以、南北球不但有時差，尚存在著季差呢。

可是、不論來自東南亞那一國度的華裔們，也不管移居新鄉是新客或老僑；年年歲歲每逢農曆新年，幾乎都閉起眼睛飄飄然的浸泡在故鄉的「春天」裡，與萬里外的親人同步「迎春」？舉行大大小小的「春茗」、「迎春團拜」、「新春祈福」等等。

由於思鄉與鄉愁，新客們一時三刻無法面對新鄉的時序，那還暫且說得過去。可一大班舊僑老僑、尤其是各大小團體的僑領們，也幾乎如此因循著，自我陶醉著，大都「身在曹營心在漢」？完全無視新鄉、新國度的真正季節、時序？還有點橫蠻似的硬要將當地當下的真正時序，硬變成自我心中的「季節」？

相同的論題，早在二十年前與七年前敝人經已先後撰文發表，不但在中央日報海外版刊登、也廣發到美、加、紐西蘭及居留地墨爾本的雜文園地，當時尚無網絡，流傳自不能與當下相比。

但二十年歲月流轉而去，至到今年的二月盛夏，每被邀請參加各式各種慶祝農曆新年聚會，甚至包括兩岸外交官主辦的「團拜」，也居然想當然的在橫額、在邀請函印上「迎春團拜」、宗教道場則告示「新春祈福」、社團大書「春茗」等等，真令我大為驚訝，也深感無奈啊。

身為外交官、理當明白外交禮節，到駐在國度不但應「入鄉隨俗」，一旦發現自己的僑民們，初蒞斯土未能習慣新鄉風土人情，還要給予教化，令僑民們尊重當地習俗，奉公守法。吾等豈能無視當地、當下的時序而強加扭曲？

同樣事件也發生在每年的故國「中秋節」上，農曆八月、也即陽曆九月、大洋洲各地剛剛送走了寒冬、迎來了鮮花處處盛開的春天，正當澳大利亞各族人民歡欣鼓舞沐浴在春風時節裡。墨爾本、雪梨等地的華族們卻大事宣揚著「慶祝中秋」、舉行著各種各類的「秋茗」、「中秋晚會」、「慶祝中秋遊藝會」等等不一而足的慶典。

我以前為中央日報海外版「華人天下」撰稿、將參加墨爾本僑界多姿多彩的節日活動報導，寄去臺灣發表。當然也同時在澳洲的華文報章刊出，無論在打題目或內容，縱然主辦單位的紅橫額書寫「迎春團拜」或「迎春遊藝會」？必將代更正為「迎龍年團拜」或「迎新年遊藝會」；將「春」字去掉，改以生肖或代以農年，如此一來，變非為是，才算「名符其實」。這與「執著」無關，而是關乎尊重新鄉人民，入鄉隨俗是新移民或觀光客該有的禮貌。

這與國家積弱或崛起完全無關，過去祖籍國積弱到今天的即將「崛起」，我們華裔們依然一成不變，根深抵固的我行我素。年年在居留國的盛夏忙著「迎春」、在春回大地的九月卻競相在「賞秋月？」、「迎中秋」？

奇怪的是大洋洲的大小僑領們，不斷的呼籲我們應該「融入主流社會」、「應該積極參政」，融入主流社會的話題經常繚繞耳際，可是說歸說、做歸做。如此一來，豈非變成了說一套做一套了？坐言起行，言行一致才是做人應有的本質，尤其是身為僑領，擔負了「領導」的任務，更應比一般常人懂得道理啊。

主流社會的季節豈能因我等的到來而改變？既然當地當下的季節不會因人而變動，唯有我們去適應，去認同，那才是正道呢。

「駐墨爾本台北經濟文化辦事處」的鍾文昌秘書、從善如流的回函在下，明年舉行團拜，橫額或邀函都將改用「迎農曆新年團拜」。兩岸外交官們對駐在國的僑胞們，算是咱們的「大家長」，起著楷模的作用。若能「以身作則」，相信大洋洲各地的華裔們，今後定當不再會「盛夏迎春」或「春日慶中秋」了？

慶祝「中秋」，只要在橫額、邀函改以「舉行農曆中秋節聯歡」、「慶祝農曆中秋節園遊會」等等，如此一來，依然是盈溢節日歡悅，依然是能解除濃濃鄉愁，卻又心安理得，何樂而不為呢？

二〇一三年三月三日於墨爾本初秋

# 心想事成

過農曆新年時、親友相見莫不善頌善禱，一片恭喜聲中，最常用的不外是恭祝對方萬事如意、財源廣進、身體健康、多福多壽、多子多孫、平安吉祥等等。

此外、也經常聽聞這句「心想事成」的祝語；原意也是希望對方萬事都成功，本來是無可厚非的賀詞。可細心思量，即發現這句祝語過於跨張，假若被恭賀的親友們，人人如願，豈非天下大亂？

人的欲望是無窮無盡，也是因為人類普遍擁有這種欲望，才能推動社會文明的進步；但無法在現實生活中得到滿足的念想，假若被祝福而真的能實現，首先問問自己，設若有此奇蹟，會要求什麼？

成年男人大多想要嬌妻美女、左擁右抱、風流快活；女人當然想要嫁給俊男、成為名媛或貴族夫人。再來是妄想一夜致富，別墅多棟轎車無數，奴僕成堆，妻妾成群。再來或想當總統、盼望拿諾貝爾獎、想取代習近平當上國家主席？

年長者當然希望長命百歲甚至千歲，若老人家們都心想事成了？豈非滿街道都是百齡人瑞，各國政府都得從新規劃高齡公民的福利、必要擴建更多更大的養老院。

大多數人都祈望財源廣進，概可心想事成，甚至連去買六合彩要花費的時間也能省去；只要心念一想，要多少錢即刻在銀行戶口中，自動增加百萬千萬億萬，多美妙的夢想啊！

想健康者，永生無病無痛，與醫生、醫院絕緣；想子嗣者，妻子年年誕下龍子鳳女、真個子孫滿堂了。想兒女成才者，其兒孫忽然都變成天才，成為各行各業頂尖巨子。

揮毫出如天師畫符的所謂「書法家」、心中念想即能運筆如走龍蛇，墨寶如王羲之了？九流畫家可一夜成名，畫出作品比莫內、塞尚、梵谷更有價。

驟然間、多出了數之不盡的大書法家、大畫家、大文豪、音樂家、聲樂家、雕塑家；如此一來，本是奇貨可居的藝術品，當然貶值啦！真會害慘了世間不少收藏家及藝術品投機者。

問題還不止於此，當總統當主席的政客，心血來潮，要擴充國土，心想事成，倏然間戰火狂燃，兵禍不斷，最終自然大獲全勝，將他人河山家園、全霸佔為己有。

妄念可成真，人世間必定大亂。那些並非正人君子，見到別人美麗老婆，會妄想佔據；看到別人英俊丈夫或路過的美男子，犯花痴的女士心念微動即「事成」唉？

與人有仇者，也不必動刀動槍去雪恨，心想讓敵人不得好死，對方就忽遇橫禍或暴病而歿，豈不快哉？人人都「心想事成」的話，這世界會亂成什麼樣子呢？

日前接到網友傳來一輯「暈暈暈」的圖文、這則讓中國十幾億人民「頭暈腦暈」的事故，無非是兩對男女「心想事成」的結合，在人倫上經已亂到無法解決了。

幾年前八十二歲的物理學家楊某某迎娶了二十八歲的翁女士，近日傳出六十八歲翁父與楊某某那位十八妙齡的孫女結婚。翁父本來是楊的岳父、如今岳父變成楊的孫婿，女兒翁帆就成了奶奶？而對著翁父之繼室、十八歲的楊小姐時，翁帆這位「奶奶」又要稱她為「媽媽」？關係錯綜複雜，豈能不暈頭暈腦、心也暈了呢？

新年伊始，接獲友好電郵祝賀「心想成事」，有感而覆，告之千萬不可隨便恭祝他人心想事成？豈知日前出席「駐墨爾本台北經濟文化辦事處」舉辦的迎小龍年團拜時，每位參加者都獲鍾文昌僑務秘書邀上台，向大家賀年。

「墨爾本庸社書詩畫會」的蘇華響名譽會長，說出因敝人的電郵提醒，故不敢再用「心想事成」當祝詞，全場微笑鼓掌。

為讓讀者諸君了解、為何這句美好祝詞不該引用，故撰述如上，有未盡處，尚望不吝賜教。被祝福「心想事成」時只能一笑置之，切莫當真，妄念也就是非份之想，認真就適得其反。

若被祝頌而能心生正念，那麼、「心想事成」所想、所願、都是合情合理合法、經過努力爭取而得，就是如假包換的美好祝詞了。

二〇一三年二月十九日

# 社團話題之一：社團遊戲

有個笑話如此流傳，說只要在唐人街大喊一聲「會長」，包管人群中即時有許多人回頭張望。另一個版本是，走在華埠路上，萬一有個招牌意外跌落，肯定摔中「某某會長」頭額。

上述調侃雖是笑話，也反映一種海外華裔、華人的社會現象，是好是壞與拙文宗旨無關，笑話總歸是茶餘飯後的調劑品，在此無非用作引題吧了。

自由社會可貴處在於公民正當生活不受管制，集會結社可免向政權申請許可。因而、群居的族類，尤其拋家棄國遠離故鄉的海外遊子；自然而然在同聲共氣下，形成各式各類團體，或相濟或共樂或聯誼，出發點皆無可厚非。

早期華裔先民因初履異國他鄉，人生地不熟，加上語言隔閡；群居外更結合成一股自助他助的力量，形成會社，以解決日常困難問題。如墨爾本的四邑同鄉會、岡州會館、南番順會館、洪門民治黨等等超過百年的老團體，都有其立會迫切需要。

隨著移民日增，世界各國、尤其是西方諸國的華裔人口亦不斷提升；加上中國革改開放以來，湧往海外的強國人如潮水般。合法的非法的留學的外嫁的莫不前赴後繼，以至各地華埠皆滿眼是黑髮黃皮的華族。

年青人很快融入新鄉，學有所成，未久便在主流社會佔據了一席之地，鮮少再與華社連聯繫交往。這大批青年男女「黃皮香蕉」，所欠者是中華文化思想的薰陶，與華人團體形成格格不入的鴻溝。他們已有形無形成為主流社會的新力軍，完全融入了新鄉生活，當然無需向各類華社求助。因而、社團之少有華裔青年菁英參與，其故在此。

我等中、老之輩、大多一時三刻頗難適應新生活，語言關並非一兩年間能通過；因而、唯有參加各類團體活動，用以打發苦悶日子。在參與過程中，往往歡喜始而紛爭散；不然、看不順眼時，就另起爐灶，就如「原子分裂」般，最後、芝麻綠豆般三、五隻小貓也成了一個社團，人人有「官」做，何樂而不為呢？

原本是無名之輩，彷彿一夜間成了「名人」？尤其當領導者，更是行路生風，縱然不學無術，一朝撈到了「會長」、「副會長」或「主席」、「副主席」之銜；真有非我莫屬耶？所謂食髓知味，被人前人後奉迎為「會長」「主席」者，一旦習慣了，若不撈個「終身」職守，豈非丟臉？是故坊間才有那麼多「長命會長」「終身主席」「永遠最高名譽會長」，蟬連五、六屆仍然「眾望所歸」？？這些「自命不凡」者，果真「長春不老」耶？果真「天縱英才」耶？

參加社團如有玩遊戲，章程也就是遊戲規則；犯規者就要出局，任何玩耍，必有輸贏，行軍打仗者的口頭禪說「勝敗仍兵家常事」，何況是民間遊戲？真想不通這些「英明者？」為何那麼想不開看不透？一旦當上了首長，就死命抓住不放，「會長」、「主席」又非救命仙草，或長生不老丹？

醉詩不醉、而心水清時，認為之所以有那麼多人樂此不疲，當了「會長」就想成為「終身會長」？最大原因是兩岸至今還沒統一，派駐世界各國的駐外使領館和代表處，為了向上司外交部或僑辦、僑務機構交待。這麼多年來，莫不大做「統戰」，大做收買「僑心」的工作。賄之以利、惑之以名，會長們除了享有種種不為人知的點滴好處外？還動不動冠之「愛國僑領」，頒發種種不同頭銜，務必讓海外千千萬萬的大大小小會長、理事長、秘書長、監事長等等無「長」不歡的所謂「大僑領」們，飄飄然不已？有名有利又可以被招待，至少也能出席幾次免費國慶酒會，或和來訪的兩岸芝麻官或高級領導合照，高掛家中，便如此這般的「光宗耀祖」了？

某些社團，其實早已名存實亡，但為了臉子問題，為了「會長」虛銜，這些如光似影的所謂會社，卻給大家「存在」甚至「興旺」的錯覺呢。這種「影子社團」的領導人，也真有本事啊！

玩遊戲應該輕輕鬆鬆，無非為了打發漫長人生過程的苦悶日子；但玩者切要認真遵守遊戲規則，勿要走火入魔；隨個人私心而亂改章程，以迎合個人達到某種不可告人之欲望。

「團結就是力量！」僑領們唱得比誰都大聲；但開會若一言不合，臉色立如紅燒雞般，或拂袖離席。兩、三周後包管又冒出個什麼「雞長」、「鴨長」之流的某某新「長」來了。真夠讓兩岸使、領館負責僑辦、僑務的領事老爺老奶們忙個透不過氣來呢，又要將新冒出來的會長、副會長等等加入邀請名單。

社團遊戲真正義意，個人是打發閑得發慌的歲月，再來順便為大班閑得無聊的中、老年人提供集會地點，飲宴聯歡、郊遊觀光；或辦健康講座、或搓麻將打紙牌。會長也好主席也罷以及各種其它名銜職守，無非是人生途上偶然客串的另類角色而已。不必太認真，不必太執著，不必太計較；應該放下時，要趕緊棄之如敝屣，那才會讓人敬仰及懷念。因為、這些虛銜也是過眼雲烟，是不留半分痕跡啊！

本來想光宗耀祖者，千萬勿要因為玩社團不守遊戲法規，而留給世人當笑話，那才真不值呢！華人社區發生過的大堆笑話，莫過於那些見錢眼開，結黨管私，進而排除異己，發動「政變」奪取領導權，或非法推翻現有理事會，假公濟私等等。這些人無論稱謂是什麼「長」？非但不能光其宗而是辱其祖也，豈能不慎哉！豈可不戒哉！

二〇〇七年八月二十八日

# 社團話題之二：財政理事

日前心血來潮撰打了「社團遊戲」後，投至美國加州、亞利桑拿州、加拿大緬省、紐西蘭、荷蘭華報、南澳時報及墨爾本等地區報刊發表、在「世界華文作家交流協會」網站、澳華文學網、香港尋聲詩社、臺灣夢寫家等多個網站張貼。引起了不少社團僑領的關注，及讀者們的回應。

原來這類話題備受重視，卻鮮有人敢踩地雷，唯恐被炸死或被圍剿；通常眾怒難犯，能免則免，是吾輩常掛在口上的「明哲保身」。老朽深知此種處世之道，但向來卻遵守身為作家，文以載道外更應「盡言責」。以社會公義道德作標準，對事不對人的原則創作，讀者諸君或各位「掌」字輩人物，硬要「對號入座」，那是貴客自理了。

社團組織各國有異，拙文因敝人定居澳洲，所言自是無法包含居留城市墨爾本以外的國家及地區，若有抵觸貴國貴地條例，請勿將拙作當成「參考」文件，應以貴地區現行法律及習慣為標準。人間事因受時空限制，再難有「放諸四海而皆準」的法規及習俗。

縱然某些細節或有違各地社團組織律法或各自的民情風俗？但總體上說，在多數情況下，雖略有區分，但八九不離十，只要是真理，在合法合情的大原則下，應該都會相通。

「社團」這個團字，誰都知道是團體、團隊之意，也就是眾人，是多數而非單獨個體。維州社團法規定，只要五位成年男女組合，便可申請成立「社團」。因此、各地英雄英雌、黑白兩道人馬，若想成為合法「僑領」，歡迎移民到墨爾本來。

這五名成員的職守是：會長、英文秘書、中文秘書、公關、財務。若秘書人選精通中英文，也可一人兼任同時為「中、英文秘書」，餘下名額可設副會長。

當然、立案後的社團，自然會發展會員、隨之而來的便擴大社團組織，於是、理事會就會增設副財政、副秘書、副公關、副會長、康樂、福利、稽核、出納等不同領域的理事。也會曾設監事會，獨立於理事會外，可有些社團往往含糊將監事會等同理事會？一起開會，而妙的是一起投票，共同表決？完全失去了「監督」作用。

社團的理、監事會，人人職守有異，各司其職，本無高低上下之別。但因其職守關係，會的核心人物當然是會長啦。一個會是否特出，活動能力與成績優劣，端視乎領導人的才華與熱心了。

一個社團如要貫徹始終，無風無浪，除了英明會長外，至關重要的職守就是「財政」，或稱「財務」。本文題目經已將內容重心點破了，因為、過去敝人參加的某個傳媒團體，就因為「財務理事」監守自盜，幾乎讓該團體破產呢！亦累及該團體原會長、改選時被換新人執掌。

財政理事最佳人選，自然是精通會計者；至少也要選上對基本加減乘除四則數、對數目及帳簿的收支出入有點常識者出任。那麼、身為會長及稽核始可免去諸多麻煩。

財政理事還要略懂英文，起碼在開支票時，能清楚寫下收票單位的名稱、受票人的姓名，銀碼數目的英文大寫。每有支出，不論是現金或支票，再忙也要在當天將該畢收支內容記清楚。隨時接受會長、稽核或監事們的查詢。（其餘理事若對開支有疑問，應先向會長反映；無權直接要求稽查。）

社團的銀行戶口、規定要聯名開設，也要聯名簽署；通常簽票人是會長、財務，另一位候補者是秘書或理事會中熱心人選。也就是說只要在銀行開戶時，三位留存簽名在銀行檔案中者，隨便兩位簽名，該支票就有效。

有的會長為示清白，盡量不在支票上簽名，除非另位有資格簽名的理事或財政理事外遊。亦有的會長，為了方便，極信任財政理事，預先在支票冊上的幾張空白支票簽名？（上文提及敝人以前參加的該媒體，就是會長預先在財政理事的空白支票上簽名；結果將存款一萬餘澳元全被該財政理事挪作私用。）發生虧空公款事故，會長難逃失職之過。

最近鬧得沸沸騰騰的維省某社團，其中用作發難的理由之一，是該會「財務」不清？據聞該會會長商務繁忙、鮮少在支票上簽名；其財政理事是合格會計師，精通中英文，財務報告井然有序，理應受到信任才對？

若果是該會稽核理事、監事會查詢發現有問題，尚先要預約會長及財政理事解釋。（真是出了問題時，再解釋也無法自圓其說啊？）據說查帳者並非稽核或監事會？該團體理事會或會長、本該拒絕存心找碴者稽數？可能想息事寧人？無奈華社中存著不少「城狐社鼠」之徒，無非覬覦名或利？如無風起浪，多是背後受人教唆？被利用搞破壞而不自知者，終將成了笑柄。

以上略陳社團財政理事的人選及職守，可供新社團或將來改選的團體參考。選出清廉、精明、懂會計及居留國語文、且熱心服務的人，管理團體的財務，至為重要。

二〇一二年十月十二日

# 寧為雞口？

獲邀於八月七日午後前往新金山圖書館，聆聽活耀於社區的僑領趙捷豹先生（Chap Chow）主講澳洲政治，這位始終如一支持工黨的僑領；移民前在原居地馬來西亞就是當地一位政治家。移居澳洲後也保持了關心當地政治初衷，極力參與政黨活動，樹立了個人應有的形象。

大會貴賓、代表工黨在 Clayton 選區多屆連任州議員的林美豐先生，首先發言及回應聽眾提問時，都不違言於華族人口幾占澳洲移民首位，可是在政府視野及重視中，卻都不能與人數比華裔少的印度人、越南人相比；因為這個散沙族裔至今仍沒有一個強有力的代表性團體，可全權代表華族爭取應有權利。

林議員提到最近越南婦女會、獲得政府贊助活動經費兩百六十萬澳元撥款、印度團體爭取到十位博士生名額的政府支助，為其族裔俊秀成就人才。言下不勝唏噓，並大聲疾呼華族僑領們要面對及盡早團結一致。林議員說華人都想當「皇帝」，人人是皇帝ＯＫ，但要團結啊。

其實海外華族、在僑居地形成今天這個散沙局面，原因不少；其中與當地政府「分而治之」的對這個族群掌控有關；遠在百餘年前、中南半島印支越柬寮三國的法國殖民地，法帝國統治者存心分化掌控印支三邦經濟命脈的華僑，就鼓吹成立各式各樣的同鄉會、宗親會、讓這大族群囿於小小圈子內；彼此猜忌、競爭而不合作不團結。

澳洲社團法，任何新團體立案、只要有五位成員，便可立會結社合法活動。無形中也是促成華裔社團如「原子分裂」？別說個別團體、連世界性的「聯合會」，同一地區族裔同一性質服務，竟然衍生出三個之多？什麼「越柬寮」、「越棉寮」、「越柬老」、一字之差就登高一呼分化出新的「聯合會」？

二十餘年前、我早就看出另一個造成全球華社分裂的幕後操縱者，故撰文大聲呼籲全世界華人，要面向主流社會遠離兩岸是非，拙作題為「斬斷兩岸的黑手」，當時拙作造成各地僑界極大震撼及迴響。

以前兩岸為了爭取海外僑心，雙方出盡八寶，統戰收賣，小恩小惠。因而各意識形態有別的左派、右派，甚或後來出現的獨派，都變成是敵對者，豈能言團結呢？

歷經歲月洗滌、兩岸近年關係大為和諧；可是派駐全球各國的兩岸外交官們、使領館與經濟文化辦事處等機構；並沒有按照兩岸上層意願去做。兩岸國家領導早已明令「兩岸外交休兵、僑務休兵」；並指示在任何僑界活動、若雙方同時被邀請，都該參與。（年前在報上讀到這類可喜而明智的官方指令，因沒有存留舊報而無法確知年月及相關單位的指示。）

這兩年來、每有活動；仍然看不到兩岸外交官們共席言歡？雙方依然保持「敵對」老死不相往來的舊局面？可兩岸高層高官們互訪的新聞已不再是新聞啦，不是嗎？真個落實了「上有政策、下有對策」的官場花樣？

除了上述原因造成僑社分裂外，我們的文化，亦多少要負點責任。大家琅琅上口的一些話，如「寧為雞口、莫為牛後」？本來是鼓勵的話，要人人向上，不要老跟著別人尾巴處事。雞雖小，但雞口卻可自主；牛雖大，其後臀並不芬芳。

如此一來，初成立時一團和氣大展鴻圖的團體；只要個人有點不樂意便分化而出，自己當上個小小的「雞掌」「鴨掌」甚或「鵝掌」，也樂乎乎的飄飄然一番。才不管整個族裔是否因此「不團結」呢？

華族移居新鄉，各自原居地不同，祖籍有異，風俗習慣有別。再加上多年來兩岸外交人員的操縱分化，主流政黨的「分而治之」操弄；文化上的沉渣，潛意識中誰也不服誰，個個都自命不凡，個個都想當「皇帝」（借用林美豐州議員之話）。如此一來，除了上帝、神仙外，還有什麼力量可促成全澳華族大團結呢？

維州本來就有一個「華聯會」？加入的社團也不過二十餘個，但剩下的百餘個大大小小、甚至名存實亡或者一人會長的團體，卻都是「華聯會」鞭長莫及，那又如何去代表維州三十餘萬的華裔呢？

各僑領精英們，請響應林美豐議員語重心長的呼籲，先從維州做起；請林議員當仁不讓，召集各團體領導們，集思廣益，為吾族前途著想，促成一個能代表全體吾族的有力團體。

這個大團體一定要「面向主流社會」，拋開兩岸外交官們的糾纏；管理層每年換屆，年年都有新人出來服務，年年都有新首長領導（這個「首長」不能連任，一年就榮升為名顧首長。）

成功團結的路還很長，僑領們若真心要為華族貢獻時，請都謙卑些，寧為「牛後」，而拋卻當「雞口」的野心，願天佑華族！

二〇一一年八月十二日

# 自我標榜

社團遊戲其實是眾生相的一種、不同的是有君子與小人的區分；尊重遊戲規則者，在玩耍過程中，自然獲得參與遊戲者的敬佩。反之、就被鄙視，成為小丑人物；這類不守規則的人，一旦擠身團體，必變成被族裔不恥的「城狐社鼠」。

團體內出現這類狐鼠，無論如何掩飾，最終其尾巴必會顯露；凡有玩過「社團」的人，都能看出這些別有存心者的真面目。

合法合理的社團必然非獨家村？社團的成就及貢獻，是整個團體成員的力量，功勞理當是該團體全體理監事會同仁。大度的領導，往往不想居功，盡心盡力做事，功德薄上早已被冷眼旁觀者銘記。

在團體內搶功者，只要做了點小事，（其實所做之事，是份內理應擔當的職責；如公關理事，去連絡或推廣會務，秘書撰寫記錄、發出通告，財務管理收支帳目，總務包辦各類會社雜役等等。）必大事張揚，甚至開會時唯恐同仁們不知，將其所做的事如流水帳般記錄影印，開會時分發，見者有份，大事標榜唯恐天下人不知？

在團體內無時無刻想著突出個人者，其人心理若非自卑就是自大，自卑者怕人見笑其能力，自大者狂妄驕傲。因而爭功搶功繼而奪權謀利，所謂沽名釣譽者便是此類小人。

過往由於海峽兩岸政權明爭暗鬥、禍及海外華社；造成困擾及分裂，形成華族被詬病，彷彿散沙的自成王國。亦因此、讓部份「城狐社鼠」有利可圖，投左靠右，或左右逢源，或忽左忽右，無非向各居留地兩岸駐外單位表功，以取所需。

有企圖的人，參加社團自有其不可告人目的；這類人必想方設法爭當龍頭，總之、若不被選也要弄虛作假務求成為「雞掌或鴨掌」？不惜收賣、搶奪、賄賂、用盡可用之法以達到成為「掌」字輩人物。

最為可笑者，是不分清紅皂白，只要能成「掌」，才管不了是否「名符其實」呢？諸如：不會揮毫者成立「書法協會」？分不清顏料、紙質之人擠入「畫會」？祖籍明明是閩南人卻搖身一變而成為「大理同鄉會理事」？

此外、連一部著作也沒有的人竟然會是「大洋洲華文作家協會」的會長？（領導著澳、紐兩國過百位如假包換的作家。）這些極其荒謬、名不符實的職稱，不但有人厚顏「當之無愧」？且還又搶又爭又奪又鬧的鬥得不亦樂乎？

難道這些人真不知道自己的能耐？張冠李戴的冒充？其實世間那有這等不知天高地厚不分東南西北的糊塗蟲？非也非也，這類人是明知道自己在冒充「作家」、冒充「書畫家」、冒充其它「鄉親」；為了「自我標榜」，為了達到成為「雞掌、鴨掌、鵝掌」等「掌」字號人物。也就甘願被人背後恥笑、指責，譏諷，面不改容的「當之無愧」和「招搖過市」啦？

以前、只要成為「掌」字號人物，猶如兩翅生風；至少兩岸的外交官老爺老奶們，都必「刮目相看」。可如今海峽兩岸融冰後，外交及僑務早已鳴金收兵，再無必要去收買、去統戰全球各地多如「過江鯽」的「雞、鴨、鵝」掌們。

參加社團這類成人遊戲，若本著「人生以服務為目的」的宗旨，本著為社區做義工的奉獻精神，將閒暇時間去為族群做點事，那是再好不過之事。日久見人心，是非黑白真假，大眾的眼睛是雪亮的，社會上的人都在冷眼旁觀，再如何假戲真做，也難逃悠悠眾口的議論。

那些為非作歹、自我標榜、假公濟私，沽名釣譽、冒牌假貨，巧取豪奪者，最終都難逃公平的「蓋棺論定」，以及「最後審判」。

天地間、有張無形的「天網」，分佈在我們肉眼難見的四周；時刻看著我們的所作所為。「欲要人不知，除非己莫為」，也就是任何好事壞事，最終都會為人所知啊。

二〇一二年十二月七日於墨爾本

# 入鄉隨俗

昨晚新聞節目時間、電視上播放一位澳洲警察在雪梨市效截停一部汽車；司機是位全身裹著黑袍及黑面紗的女人，只露出兩顆閃爍的眼睛面向座車外的交通警員。

播音員隨即報導雪梨的州議會將於八月開始討論新法律、嚴禁任何女士們在街頭裹著黑面紗。議案「新罩袍法」（New Burqa Law）如通過後，若再有這種「全身包裹」的女人，將被罰款五萬元或囚禁一年。

這些無視澳洲新鄉習俗的中東婦女們，移民後仍強調要保存所謂「家鄉風俗」而招遙過市？假如可以容忍這類獨特文化的新移民、以「保存」其習俗為由，我行我素？如果這類人作奸犯科，諸如在銀行搶劫；被自動錄影機攝下打劫過程，試問警方如何尋出作案人呢？

那類極端重男輕女的宗教，在其國家、由於社會風俗如此，女人不能以真面目展現，自是見怪不怪。但一旦廁身其它國家，不論去旅行或移居，都應「入鄉隨俗」，豈能再堅持己見呢？

有人動不動就以「尊重多元文化」大做文章，說在多元化社會，理應尊重其他族人的生活習慣。多元文化社會要尊重所有不同文化不同種族的風俗習慣，完全沒有錯。但要尊重的是合理合情合法的習俗啊！

不然的話，試問某些原始族裔、如「食人族」能移民來澳洲的話，他們「食人」的風俗是否也要尊重？也要容許這種族裔繼續維持其「食人肉」的恐怖「文化習俗」嗎？

又假設某些部落族裔，認為抽大麻是「妙不可言」？生活習慣中、他們抽大麻是一種享受？若移居澳洲，我們的文明社會是否也應容忍這類「新移民」繼續在「多元文化」大帽子下，享用其「抽大麻的習慣」？

月前到美國探親觀光，恰巧遇上舊金山地區有小部份華裔領袖們，正籌組一個「反對政府禁止餐館售賣魚翅的法案」？他們所持的理由，就是說美國政府的官員不尊重「多元文化」？並強加上是「歧視華人」的心態，才會「禁止」食用及售賣魚翅？

最諷刺的是、該法案是代表加州矽谷的民主黨華裔州眾議員方文忠先生所提，這位華裔州眾議員方先生，其見解真是難能可貴啊！世界有識之士，已明白「食魚翅」是會對地球生態、環保造成極大的破壞。同時、更由於捕殺鯊魚的殘忍手法為世人所難容，更甚者，魚翅充滿水銀，會令食用者慢性中毒。

還有、美國人民、美國社會風俗習慣，就從來不食魚翅；移民新鄉美國的這些所謂「僑領們」？硬要高舉「尊重中華文化」的旗號，強說主流社會「禁止食魚翅」法令，是在「歧視華人」？

這些本身或者經營入口魚翅或餐飲業的華裔抗爭者，為了個人利益，無視「入鄉隨俗」的中華文化古訓，強要抗爭。無理要求美國人民及政府認同「中華飲食文化」中不合時宜的壞習慣？如此歪理豈能得逞？

發揚及尊重「多元文化」應該是尊重及發揚那些好的對的正面的「優良文化」，而不是「來者不拒」無論好壞對錯皆要全收？中東婦女蒙面包裹全身的風氣、華裔食魚翅食燕窩用熊膽的習俗，在現代社會文明世界，都是過時和殘忍的行為。在原居地生活，是否改進或放棄？可以悉隨尊便，但移居別人的國度，理應「入鄉隨俗」才對啊！

我們在異國他鄉生活定居，最重要的是應尊重這個新鄉人民的習慣；也正是我們都能朗朗上口的「入鄉隨俗」，豈可「入鄉改俗」？改的東西如是正當合理合情之事，還可待商榷；但要將「殘忍、破壞生態」的食用魚翅、燕窩等所謂「華族飲食習慣？」強加於主流社會？那是反其道而行，注定失敗啊。

新南威爾斯州將立法禁止中東婦女外出「包裹全身」的行為，維州及西澳等其它州政府，也將跟進。一如美國多州已頒布禁止「售賣及食用魚翅」法案一樣；都是對事不對人，根本不存在「歧視」其它族裔文化問題。

入鄉要隨俗，才是所有新移民在新鄉裡、理所當然的良好品德啊。

二〇一一年七月五日

# 文字爭論

後園兩樹無花果，二月季夏時節（注）、掛滿了纍纍成熟的果子，早晚引來各類鳥兒在樹幹上覓食；尤其是黃昏，啁啾之聲不絕，但並非文人想像中的清脆悅耳鳴唱，而是種種爭執的鳥罵。細心聆聽，久而久之，也就能分辨鳥音中、何者是歌、何者是咒語了。當然我非公冶長先生，無法知悉鳥罵或鳥唱之詞內容。

人類是動物中能言者，遇到不平事或見解有異，一般人都會發聲辯論。火氣大者，或自持得理者，難控聲調，本來心平氣和的理論，因為聲調之高昂而變成了刺耳難聞，有理也成為無理取鬧了。

有了文字以後，人類除了用嘴爭吵外，更多了一種工具，就是拿筆將意見寫在紙上讓人知道，如當年北京貼大字報。報紙發明後，那些善於爭吵的文人，便將高見寫了寄去發表，不同意見者反駁，從切磋而到論辯再進而爭吵罵戰，是謂「筆戰」。

拙文題目不用「筆戰」，是思量後才改成現題；因為拜科技之賜，文人早已不用「文房四寶」，而只剩下如今的「文房一寶」。再不用筆寫出罵戰文章的文人，「筆戰」也就不合事實。用電腦打中文爭論稿件，又不能用「打戰」？因而、「筆戰」只好改為「文字爭論」了。

中外文學史上充滿了無數「筆戰」，有不少正面的爭論文章激勵了人類的思潮。真理越辯越明，這個「辯」字是指對真理認真思考而去辯論的文人、作家及學者們，擇善固執，心平氣靜的認真討論。而非某些澳華作者們的意氣之爭，小題大作，人身攻擊，無理取鬧、進而歪曲事實、胡說八道、亂罵誹謗等而下之的粗糙文字。

某些因意氣之爭而發表的文字，若不涉及主題，歪曲了原意、指桑罵槐；甚至人身漫罵、冷嘲熱諷，在讀者眼中，其實都成了「垃圾文字」，一無是處。

昨天專訪一位我敬重的文友，見桌上擺滿了多份剪報、皆是有關「澳華作家都是盲腸」的論戰文字。吾友氣憤填膺，展示了一篇篇反駁之作。我笑著勸其不必為此生氣，更不要花時間精力去「參戰」；應把寶貴的光陰用在文學創作上。

我們都知道，秀才遇著兵，有理說不清；和某些以「戰」為目的者去「討論」，必中其計，無它、其人好戰成性也，根本不在論和辯、而在戰。這種愛發表「垃圾文字」者，往往不敢以真實姓名或眾所週知的筆名見報，（眾所週知之意，該筆名常用，讀者都知代表何人。）無非不負文責也。連文責也無膽肩負者，去和這種膽少如鼠專用「假名」或「隱形」者花費精力辯論或罵戰，得不償失也。

好的辯論文章、雙方都要有學問外、最重要的還是抱持對真理的服膺，以事論事，明辨是非，絕不作意氣之爭。這類雙方正反的論述，文字充滿魅力和機智，事理激盪火花，論點發人深省，擲地有聲，讀者與作者都會因而獲益良多。

想起金庸筆下的桃谷六仙這六個活寶，遇到對手，必同一口脛出氣，你一言我一語，東拉西扯，言不及義；你說東他們說西，你回應他們必離題千萬里，總之、這些活寶的目的不在辯出真理，而是在無理取鬧，在罵在嘲在諷在戰。

我們在澳洲各大小中文報上，經常會讀到諸如桃谷六仙的文字，更有一人化名數十個，專門「雞蛋找骨頭」，無事生非，猶若蒼蠅，嗡嗡聲惹人討厭。對待這類「垃圾文字」，最好是置之不理，或一笑置之。

朋友問我：「老兄難道不是澳華作家？如是、被譏為「盲腸」難道不生氣？」

我為何要生氣？自己有多少斤兩？自己最清楚啊！何必對號入座呢？而且、「盲腸」作者又非皇帝，他的文字更非「聖旨」，那麼認真作什麼？

喜歡對號入座的文友們，其實更要平心氣靜，自我充實、今後努力創作好文章，假以時日，必可洗刷「盲腸」之恥啊！

文字爭論不必充滿火藥味，人因學識、教養和智慧有別，對事理自會有不同見解。若為真理而辯，應有寬大心胸，能容百家言、求同存異，君子和而不同。好的爭論文章，都應是君子之爭，以理服人，不傷和氣；而非某些文痞蒼蠅所吐的大堆污染澳華文壇的垃圾。

註：墨爾本夏季是十二月至二月，元月為仲夏。

二〇〇七年二月十三日

# 遲到陋習

對於不守時的人，總會找些似是而非的藉口解釋，幾乎每次都能過關；於是、久而久之便成為生活中的習慣？然後、不論那種場合，遲到時都可以昂首闊步、無視他人厭惡的眼光。

尤其是那些所謂社團僑領，朗朗上口的都是要如何融入主流社會？不管移居洋國家多少年時光，連主流社會公民們視為理當遵守的良好習慣，都可視若無睹。我行我素，守時是你們的事，咱高興遲到，關卿底事？講一套做一套，正是這類整日在社團打滾，疾呼同胞們趕快「融入主流社會」，呼籲「參政、參軍」等等義正詞嚴的人物。

殊不知洋人最懂得尊重他人，守時就是主流社會生活中一件最基本、最自然的習慣；遲到是不尊重人也不自重的醜陋行為。可惜咱們族裔中竟有不少這類將遲到視為平常事，甚至為其遲到而「沾沾自喜」？認為守時者是「呆居」，將醜的當成美、錯的看成對，真為這類人的心態感到羞愧。

有人認為、赴宴會縱然遲到多久，反正主辦單位或主人都要等待？這類人要嘛自視甚高、或是達官貴人、或是財主闊少爺，目中無人。得到的是準時赴宴者的厭惡，是主人心中咒罵連連又不敢開罪者，對其人再無半分尊敬之心，礙於情面強忍而已。

不久前、參加某些社團聯合主辦「慶祝農曆新年聯歡暨為昆州籌款晚會」；餐券或邀函清楚印著：「六時半」開始。絕沒想到最後為了等待一位剛來墨市履新的外交官，竟然讓幾百嘉賓們苦等到那位姍姍來遲的「芝麻綠豆」官蒞臨，八時一刻司儀才宣佈晚會開始？（八時三刻始上菜。）

事後獲知此位官老爺事先已通知主辦單位，無法六時半趕至。因為當晚恰巧即將離任的老總、其夫人包水餃宴客，故要八時前才能趕達，並請「必輸掌」不必等待。如此說來，責不在這位官老爺了，而是主辦者的「拍馬奉迎」心態作祟。

寧可讓幾百位支持的友好挨餓苦等，也要讓「官老爺」感到被重視？這些所謂「僑領」對幾百位準時到達的朋友及貴賓，包括維州政要長官們，可說都不放在眼內。反正都來了，何時上菜何時開始，是「爺們」說了算。他們早忘了印在餐券及邀請函上的「六時半」許諾？（違反承諾者，就是失信於眾人；連基本信用皆不講，算那門子僑領？）

華社不守時陋習越來越嚴重，就是上述這班所謂「大僑領？」直接間接促成。這些人開口閉嘴都不忘高喊、要華裔們「融入主流社會」？可對主流社會大家共識共遵守的優良習俗，卻都視而不見？或故作不知？

有位包遲到的老友，多年前與我共赴臺灣及美國；到機場未久，就見到吾友一反常規，提前到了。笑問為何能準時？答曰遲到飛機不等啊。這件事終於讓我明白，知道飛機不等人就能守時，餘者因為「遲到」不會有任何損失，便養成誤時陋習。可見、遲到是有選擇性，那為何不學洋人良好的守時習慣？人人都可守時，為何要擺臭架子故意遲到呢？

不守時者，忘了求學時期，天天都要準時到學校；忘了上班時、務必準時打卡，忘了乘坐飛機、火車、巴士等公共交通都不能遲到？其實他們沒有忘記，一如吾友般，與自身利害有關時，比誰都守時呢。

當然、剛要出門，汽車出障礙不能發動，或意想不到的突發事件、如途中發生交通意外，大塞車、惡劣天氣所阻等等。只要是真的意外，主人會見諒，最重要的是自己「心安理得」。那些經常故意遲到者，其個人形象被垢病外，也大大影響了整個華族族群的聲望。

華族應養成大家都守時的好習慣，尤其是那些社團人士，更應注重本身形象；不然、都變成了口是心非、講和做背道而馳之人，縱然被封或自封某某會的「雞掌」、「鴨掌」、「必輸掌」之類的大名銜，經常失信於人者（遲到就是失信），豈非成了笑話？名銜越大越是笑話呢，諸位大僑領們不可不慎啊！

二〇一一年三月八日

# 維基解密

世事如棋，結局難料，人只要活著每天都會有新聞，真是一點也不錯啊！去年最轟動全球新聞的是「維基解密」事件，最紅的人物就是維基網站創辦者澳洲公民阿桑奇先生。

今年才四十歲的阿桑奇是澳洲昆士蘭人士，為了落實真正新聞自由的理念，幾年前與一班電腦科學家，駭客精英們合作，開設了「維基解密網站」。

默默無聞的這個網站，在它公開收集到各國機秘要聞前，世人包括各國情報局都沒將「它」放在眼裡，平民百姓及世界傳媒更一無所知。

去年七月西方各國媒界的電子郵址，忽然收到了「維基解密」多不勝數的千條萬則令人瞠目結舌的訊息。十月爆出四十萬份伊拉克戰爭內幕；十一月再寄出二十萬份美國外交機秘。包括美國政要對其盟國領導人指手劃腳，評頭品足等不堪言詞。這些無聊八卦閒談被公開後，全球嘩然；害得美國國務卿希拉利、克林頓連夜打了十幾次長途電話向盟國首長們道歉。

美國政府的憤怒可想而知，當然施加重大壓力要英國拘捕並引渡阿桑奇先生歸案。瑞典政府按告他強姦罪，也要將他繩之於法；一旦落入瑞典執法者手中，阿桑奇必將被引渡送去美國，那就必死無疑。

世界各國傳媒可樂極了、每天無不爭先將收到的機密訊息擇要公開報導，以促銷路。全球網民們，也都抽空漫遊「維基網」，爭讀其千條萬條的訊息。（中國、越南、朝鮮這幾個共產黨國家嚴密封鎖維基網站，不讓人民知道解密內情。）

阿桑奇先生一夜間名滿全球，忽而成為「強姦犯」？驟然間又是全球「通緝犯」。為了保命，他主動向英國政府自首，各國擁躉即時展開營救行動，示威遊行無日無之，真個猗歟盛哉！

眾多解密訊息中，令華人社會震驚的頭條莫過於澳洲前總理、被譽為中國通的陸克文，居然向美國國務卿獻計，不惜向中國動武？真個是知人知面不知心啊！

另外更震撼的是中共前外長錢其琛副總理，在其任內十年間，竟然為了解救兒子而為美國中情局提供中共內部情報，包括中共為朝鮮裝備核武器絕密檔案？

解密中提及中共中央領導們多達八成早已在瑞士開設美元、歐元密秘存款戶口。最忠堅的中共黨員高官們，為數超過九成的家屬，多達一百二十餘萬人都已移居美國、加拿大、歐洲及澳紐等西方國家。

世界許許多多政黨政要、各國大人物們不可告人的秘密，忽然公諸天下，真令世人咋舌，嘆為觀止啊。當然更令各國政要、黨領導人無地自容。難怪中國、朝鮮及古巴等國家如臨大敵，想方設法盡力封鎖，不讓人民知悉維基解密內容。

前週收到友人傳來一輯圖片，才知道「維基網站總部」原來是在瑞典地下三十公尺深，可防核武器的裝備，真非一班普通科學家能力所及。究是何方神聖投資，要與全球政要為敵？

今天讀到最新解密，是澳洲陸克文前總理執政時，工黨政府竟然與日本秘密妥協容許日本每年捕殺鯨魚若干？表面聲嘶力竭反捕鯨魚，暗中卻是另類交易。看來工黨即將面臨一場政治大風暴了。

這位絕頂聰明的阿桑奇，明知公開爆密後、會隨時遭受意外；經已聲明若他意外死亡或失蹤，其戰友將會公佈撼動全球的訊息？令各國有所顧忌不敢暗殺他。

維基解密這一驚人事件，經已顛覆了人類行為守則；是非、黑白、對錯、忠奸、敵友、好壞、愛國與叛逆等等角色要如何定位？

尤其是對科技文明的諷刺及挑戰，今後國家檔案文件、政黨機密、公眾人物的言行，若仍然依靠電腦，豈非可讓如維基網的專家們，隨時閱覽？

我等普羅大眾、老百姓們，要小心的是：切勿將個人資料、銀行戶口、信用卡編號、工商業合同、股票、證件等，為了方便而輸入能上網的個人電腦。因為無論用再複雜的密碼，也無法比上美國外交、國防、情報局等機構所設定的密碼，連這等密碼、電腦專家們都可如探囊取物，何況我等平民凡夫？

可以想像的是，「維基解密」已成了世界各國政府最大的威脅；公開這些權貴們的言行、私隱，至少能起到警戒作用。如澳洲前總理、現任外交部長陸克文的焦頭爛額，是最好的詮釋。

魚肉人民、隻手遮天、無法無天的各國貪官惡吏們；相信人人自危，寢食難安的度日如年了。維基網站正像老天爺張眼，將大大小小不可告人的秘密抖開了，豈不快哉！

二〇一一年元月五日

註：維基解密網站：wikileaks.ch

# 保釣隨想

保釣是「保獲釣魚臺」的簡稱，多數讀者或參與「保釣」的人士，有者根本不知這個並不適合居住的小小島嶼的地理位置何在？為何會引起爭端的原由？特節錄網上資料供讀者參考如下：

「釣魚台列嶼，或稱釣魚島及其附屬島嶼，日語稱為『尖閣諸島』，琉球語稱為『魚釣諸島』（ユクン・クバジマ），是位於東海南部、台灣東北部、中國—琉球界溝（俗稱『黑水溝』）西北側、琉球沖繩諸島以西、八重山列島以北的島群，與台灣島位處同一大陸棚。

釣魚台列嶼包括釣魚台、黃尾嶼、赤尾嶼、南小島、北小島及其它一些岩礁，總陸地面積約六・三四四平方公里，約是龜山島的二・二三倍大。釣魚台列嶼各島因淡水不足、泥土不厚、風浪較大，不適定居，為無人島。

中國文獻記載釣魚台列嶼是在明朝或更早先發現的。第二次世界大戰後，由美國控制。一九七二年五月十五日，美國將琉球群島主權移交日本時，一併將釣魚台列嶼的行政管轄權也交給日本，但中國方面（包括中華民國政府及中華人民共和國政府）皆認為釣魚台列嶼依地理、歷史和法理均為台灣附屬島嶼，因而引發釣魚台列嶼主權問題。

中華民國政府及中華人民共和國政府、均主張二戰後日本歸還台灣與其附屬島嶼時、亦應歸還釣魚台列嶼。中華民國政府將釣魚台列嶼劃歸台灣宜蘭縣頭城鎮大溪裡管轄，其郵遞區號為二九〇，篤認釣魚台屬於中華民國領土殆無疑義。而日本在島上建有燈塔，將其劃為沖繩縣石垣市。台灣、中國大陸、香港及海外華人民間自一九七〇年代開始，也曾多次登島或試圖登島以代政府宣示主權，稱為『保釣運動』。二〇一〇年九月七日發生中國漁船與日本巡邏船釣魚島相撞事件後，中華人民共和國政府派遣中國漁政執法船、對釣魚島海域常態化巡航以宣示主權。」

從文獻上記載這個本屬中國的荒蕪小島，在二戰後是由美國控制，在一九七二年美國存心不良的在移交琉球群島給日本時，竟然妄顧事實、慷他人之慨將釣魚台列嶼的管轄權一併送交給日本？中國兩岸政府及人民自然嚥不下這口氣啦。何況近年更發現在釣魚台附近海域蘊藏了豐富油礦，以及有戰略價值，引起他國垂涎是必然之事。

民間尤其海外華裔們，不論是出自一片愛國心或不甘寂寞標榜逞能？或別有用心？時不時就見到些無關痛癢的所謂「保釣運動」新聞？問題是如此聲嘶力竭的大動作，有用嗎？縱然是全球性海外華裔及國內群眾一致行動，也起不到應有的作用啊。這類一齊發起的運動，幕後的原因有二：一是日本以軍隊強行登陸釣魚島並開始建築基地？引起中國民憤。二是國內發生動亂、當權者為了轉移目標暗中策動、以挑起民族主義情緒，減緩國內面臨壓力。

參加所謂「保釣運動」的人士，相信大多數人不清楚或根本不知道，原本屬於中國的土地被強行侵佔的有多少？再印錄以下「中國被侵佔土地」網站的資料供讀者們參考：

「第二次鴉片戰爭期間及其以後，沙俄通過軍事威脅和外交訛詐，強迫腐敗無能的清政府簽訂了《中俄瑷琿條約》、《中俄北京條約》、《中俄勘分西北界約記》，割占了我國東北和西北的一千四百四十萬平方公里的領土；以後，又通過不平等的界約和武力侵佔，三次共掠去了二十六萬平方公里的土地，沙俄共占去了我國一百七十萬平方公里，相當於五十個海南省，四十八個臺灣省的面積。一八四〇年後，我國主權被資本主義強國掠奪，領土被殖民主義國家宰割。尤其是第二次鴉片戰爭以後，沙俄從我國獲得了最大的領土利益，這裡必須予以揭露……。」

真是不看不知道，看了大吃一驚呢！中國神聖領土竟然有多達一百七十萬平方公里被侵佔了，比那不到七平方公里的釣魚台列島，真算不出是多少倍呢？想想中國還有四十八個臺灣那麼大的土地被外國強佔了，為何中共政府與人民、尤其所謂的愛國人士、保釣人士們會無動於衷呢？如今為何卻對小小的釣魚台「情有獨鍾」？

我們要追討回來的領土是包括被侵佔去的那一百七十萬平方公里外，再加上釣魚台列嶼的六・三四四平方公里（只是不到七平方公里），還要加上南沙、西沙、黃岩等被越南、菲律賓、印尼、汶萊等垂涎的小小島嶼。

敵視中國或妒嫉中國的這些鄰國，敢於挑釁堂堂崛起的中國、無非背後有「主子」撐腰，目的挑起爭端，讓中國多面受敵。海外華裔們若隨意發動「保釣」，不但於事無補，且會促成事端擴大，讓日本找到挑釁藉口呢。

除非中國不再奉行和諧政策、決心以戰止戰。呈示國力軍力擺出不惜以武力討回公道之姿。

果若此、鄰國鼠輩們必聞風喪膽而逃之夭夭也。到那時，也無需我等浪費精力與金錢去搞「保釣」啦！

二〇一二年七月七日、蘆溝橋事變紀念日

# 萬邦來朝

舉世矚目的北京奧運會開幕禮，終於順利在「鳥巢」如期舉行；當晚吸引了全球四十億的觀眾；在那幾小時中，北京成為世界聚焦點。除了大陸十三億人民舉國騰歡外，海外幾千萬華裔、華僑和港、澳、臺灣同胞莫不喜形於色，為中國人的揚眉吐氣感到驕傲和鼓舞。

中國五千年歷史，盛世唯「唐朝」獨尊，至今鄰國提起華人，仍有稱為「唐人」；各地的華埠也還沿用「唐人街」。可見唐朝威名遠播，成為千年來中華民族最心儀的朝代。

可惜、近幾百年來，中國國力不振，內憂外患；政權更替、自相殘殺，積弱成疾，中國人遂被譏為「東亞病夫」。國、共鬥爭，腥風血雨，至海峽兩岸分割，大陸人民又陷入一片極左恐怖的統治中。

幸而、十年文革的黑暗歲月，隨著毛皇帝駕崩而落幕。三十年前改革開放的序幕，迎來了海棠葉版圖的曙光；讓一部份人先富起來的政策，雖然成為全國貪官污吏的溫床，但這場翻天覆地的改革、從極左路線過度到自由經濟發展的艱苦歷程，也促成了國家的富裕強盛、國力的擴展。

中共領導人對治國方案，從來都是「摸著石頭過河」；因為要維持一黨專政，又要走上市場經濟，這種並非全面開放的改革，面臨著的問題千頭萬緒。加之國土仍未統一，臺獨困擾、藏獨、疆獨等被外國操縱的勢力虎視眈眈，因而中國絕非像「唐朝」處於風平浪靜的盛世時代。

為了向世界展示今日的中國，再非往昔任人魚肉被人譏諷的弱國；八年前爭取到接辦奧運會後，為辦好一個最輝煌最成功的奧運，中共領導人與中國人民幾乎全力以赴。國人在期待中，外籍人士冷眼旁觀，各種反華勢力利用藏獨、疆獨份子不斷挑釁。從火炬運送過程所發生的不愉快事件，証明那些不願見到中華民族走上成功之途的人士，幸災樂禍外；更暗中參與制造事端，無非想達到其不可告人的目的，破壞京運，讓中國人面目無光。

幸而、所有的破壞勢力都無法得逞，二〇〇八年八月八日的北京，夜空煙花璀璨，「鳥巢」內的大型表演，展示了中華民族的偉大氣魄。焰火構成「巨人足跡」引領全球觀眾進入盛典，二千餘鼓齊敲擊，中國古代畫卷輕展，向世人展示中華五千年文化。從太古遺音到戲曲，四大發明到太空飛人；再從孔子的論語說到天圓地方，絲綢之路講到「同一個地球」；最後中英歌唱家演唱「你和我」告訴世界一個新中國已崛起了。

開幕禮美輪美奐的表演，變化多端、動作劃一，令人目不暇給。各地玄黃子孫在激動中在無比的震撼裡，莫不高興到手舞足蹈，有者更是老淚縱橫，為母國的成就感到莫大的欣慰。

全球二百餘個國家，受邀前來觀禮的多達一百零二國，包括了總統、副總統、總理、首相、國王、王后、第一夫人、部長等政要。在京運前由於共軍鎮壓西藏，因而某些國家領導發出杯葛威脅，但仍阻止不了好奇與誘惑（或不為人知的誘因？），包括美國總統、日本首相等人物，也如期蒞臨北京了。

當看到胡錦濤主席在人民大會堂上，微笑的站著、等待長長隊伍的各國領導人，依次一一趨前向中國國家最高領導人胡主席握手致意。身為海外華裔，真心為中國的成就感到莫大的光榮。這一幕正是「萬邦來朝」啊！五大洲的一百零二個國家首長們，一起蒞臨中國首都北京，向中國元首致意。那象徵著什麼？那是對中國的賞臉啊，那是瞧得起中國呢！

萬邦來朝！北京奧運宏偉壯麗美艷的開幕禮，向世人展示了中國的崛起，展現了中國的強大國力，展出了中國的富裕與才華，聰明和智慧，也証明已超越了「大唐」盛世。

這種成功，如此成就，已達到了中國辦奧運的目的；希望崛起的中國，能真正在這次成功的基礎上，讓世人刮目相看之餘，成為真正的泱泱大國。

胡溫新政，成功領導；倡言「以人為本」，祈望全中國軍政各級官員們，能真正落實「以人為本」的真正精神，愛民敬民，尊重人權，而非一句口號。

強大的中國，要在世界舞臺受到各國人民的尊敬，在改革開放的步伐上，應漸進的逐步開放言論自由，容許自由信仰，再解除黨禁，最後步上民主政治之途。

中國人在奧運會取得大成功後，切勿自傲，目空一切而變成危害國家的「極端民族主義」。泱泱大國，必要提升全中國人民的素質。當政者更應以包容、虛懷若谷之心、平等對待來朝之萬邦。平等對待所有異議人士，以和平手法解決問題，再不能有血腥之舉而破壞了泱泱大國的美譽。

衷心祈望中華民族、海內外十幾億的中國人民，都能在泱泱大中國的旗幟下，過著盛世的幸福美滿、自由平等、以民為主、平安和諧的生活。

二〇〇八年八月十一日於無相齋

# 愛國陷阱

愛國是公民發自內心對所屬國家的認同、喜愛與支持的情愫；會產生這種對國家忠誠熱愛的感情，是受學校教育、家庭及友輩的影響。因此、愛國是身為公民無可厚非的理性與感性行為。

由於「愛國」存在了並非完全理性因素，同時隱藏著感性；故一旦狂熱衝動、遊行示威、暴力打鬥、砸車燒旗毀屋，後果極其嚴重。且易受幕後黑手操縱，不可不慎。因而、「愛國」行為若不小心，往往會跌入陷阱而不自知。

有借愛國之名而募捐歛財者，聲嘶力竭發出呼籲籌款印傳單；有用愛國行動搏出名者，或呼愛國口號向權貴獻媚者、以達至其不可告人目的等等不一而足。

之所以有本文題目構思成篇章，是因為近期海內外華人再次為保衛釣魚島而舉行的各類示威、遊行、反倭寇、燒毀日本汽車、拔去日大使座駕國旗、香港保釣船登島等等事件。冷靜思考，這類民間愛國表現、若有違國家大局政策，或者是「黑手」為了轉移人民對國家不滿情緒而操縱，豈非所有自命「愛國」者的「保釣運動」都不知不覺落入「陷阱」了？

其實區區彈丸之地的釣魚島（倭寇改稱「尖閣諸島」），以今天中國國力要堅持捍衛國土，只要派出駐軍及戰艦；一如將「三沙島嶼」納入海南省行政轄區般，所謂先下手為強，倭寇要再宣示主權搶奪，中、日戰火必定再燃，美、英等國就是得利的漁翁了。

廟堂上領導人廣闊的視野與民間愛國人士的短見，是有莫大分別也。鄧小平對「釣魚台」紛爭曾提出與日本「擱置爭議、共同開發」，將爭端留給後代人解決。現在中南海黨中央將提出「解決釣魚島問題三不原則」：一是不登島、二是不在島上作資源調查、三是不在島上建任何建築物。

是否如此表現算是怕了日本？非也非也！要知當今西方諸國由於恐懼中國「崛起」？正想盡千方百計或明或暗要圍堵和壓制這條東方「巨龍」。美、日的軍事演習、美國拉攏所有與中國國土接壤的國家。以美國為首虎視眈眈的西方諸國，妄想找到藉口發動對中國的戰爭。最好當然是假手給與中國有國土紛爭的日本、越南、菲律賓、印度等國。

近期中國國內多省市發起了保釣反日示威？這真是民間主動的「愛國」情嗎？是否國家面臨不為人知的「權力內鬥」？十八大即將舉行等，為了轉移人民對這些敏感事件關注，所有專政國家都會用的招數就是掀動人民情緒，尤其是「民族主義」的所謂「愛國心」。

海外華人華裔愛中國應毋庸議，但我們熱愛的這個祖籍國；統治階級的全國「父母官」們，他們也像咱們一樣愛國嗎？非也非也！這些大小官員們有八成都變成了「裸官」，妻子兒女們連同財產都通通移到各西方國家去了。為官者人人準備「三十六著、走為上著」。好像「中國」是一條即將沉沒的破船？要棄之而後快。

那些走上街頭，狂熱反日示威的群眾，由於愛國心可能會被幕後黑手所操縱？落入陷阱而不知。示威隊伍口號喊得聲嘶者，肯定不是各省市的大量「裸官」們。點燃反日火種後，也許目的已達到，測試成功了。不想因這「星星之火」，最終被美國掀起焚燒中國的野火；中國才會降溫，將提出上文所講對釣魚台「三不」原則。（見八月卅一日星島日報）

民族主義是雙刃劍、不加約節往往適得其反；最會利用人民的「民族感情」者，往往就是當權者，這也成了國家遙控人民的殺手絕招之一。

當今世界已是地球村，國家觀念理應淡化；國與國有爭端，理性談商解決。千萬不要被黑手利用，所有戰爭都非理性；藉「保釣」之名而兵戎相見，更是萬分不智。

因此、海內外廣大國人、華人的「愛國」表現，千萬冷靜小心，以免落入愛國陷阱；被騙錢破財、示威時受傷、遊行被拘捕都可能發生，這也都是個人小事。萬一因吾等過激「愛國」行為，引起中、日戰爭，落入「黑手」奸計，那班得利的「漁翁」們嘿嘿冷笑聲將不絕於耳唉！

二〇一二年八月三十一日

# 言多必失

對於廁身在言者有罪的地方，人們為了自保而不得不小心奕奕；連英明睿智的諾貝爾獎文學獎大作家管先生，也要用「莫言」這個筆名時刻告誡自己，莫要多言，以免惹禍上身？

那些不必生活在會因言論獲罪的幸運之人，是絕難理解那種隨時會被拘捕的鬼地方，過日子是如何戰戰兢兢？由於不理解、又有自由大發謬論，居然對領取了諾貝爾獎的大作家莫言指手劃腳，說什麼他不肯為被囚的劉曉波先生仗義執言？

發出這種自以為正義理論的人，若非無知就是天真？假如換個角色易地而處，指責莫言者，到時絕對會和莫言相同，必然噤若寒蟬。當然、假設莫言先生領了百餘萬美元獎金後，又即時可以和家人一起移居瑞典，完全擺脫了再回到家鄉過活。那麼、在言者無罪的社會，莫言想必是會大開金口，慷慨激昂發出令那些指責者滿意的高調言詞。

今天、在擁有絕對自由的社會裡生活的人，尤其是年輕人，幾乎不懂什麼是：「言多必失」或者「言者有罪」？這種理論彷彿是天荒夜談，沒有類似經驗的人，真非三言兩語可以解釋清楚呢。

在西方民主國家生活的人，廣義來說人人有說話的自由，還有不說話的自由。但狹義的講，在所謂言論自由尺度下，依然有某種合乎禮儀以及保障人身安危的限制。

故法律上才會有「誹謗罪」的條例，無非用以禁制一些無中生有、散播失實訊息，危害國家、社會、團體或個人安全或名譽的不當言論。散播此等構成誹謗罪的方法，大概有三個途徑：一是用口語相傳、閒言碎語般的東家長西家短；二是撰寫信件廣為寄發，多用匿名方式也有敢作敢當者，簽上姓名，擺明車馬挑戰，一如最近中國人民揭發貪官時、被要求實名揭發。三是花錢刊廣告、這一招傷害立竿見影。

膽敢在報端上見真章者，大都是準備上法庭；被告與原告兩造要看誰能笑到最後了？那些為了賺取廣告費、而輕易接受這類「危險文字」的報社負責人；以為只要當事人簽下「文責自負」的証明？將來萬一有訴訟官司，也與報社無關？

其實、涉及任何來自報端或傳媒的誹謗案，原告人的律師信首先是寄到該份刊出涉及誹謗內容的廣告的報社。報社接到律師信，就要面對沒完沒了的官司了。

所謂「文責自負」只是自欺欺人、自我安慰而已。到時縱然報社找到刊廣告的當事人、原告起訴對象是包括刊登廣告或發表文章的傳媒以及當事人，絕非只起訴當事人一方。

最後不但「言者有罪」、連同該傳媒也變成了「幫兇」，往往要停刊終結才了事。而被告破財擋災，甚至傾家蕩產，視乎「誹謗」何人何團體？當然、比起專制國家，這類言論罪是小兒科，因為是民事案件而非刑事案案，被告可免牢獄之災。

近年來、有了智能手機的發明，不論在行人道上、火車巴士或飛機、餐廳酒樓宴會，談話聲音少了？現代人、尤其年輕男女，代替語言的是傳短訊、或用「易妙」。人人專心埋首、獨對智能手機，手指靈活如飛，在小小的手機鍵盤上敲擊，極其快速的在幾十秒內，那則訊息就傳出去了。

若是戀愛中男女，有談不完的情話，見面分手後相思難耐，彼此互發短訊互訴衷情，還能理解。售貨員、商家或政客、高層行政經理等等人士，忙不完的整日回函覆短訊，也是職責所在。除此之外、那一大堆人無時無刻在按智能手機，真有那麼多話嗎？有要事對話、何不就拿起手機傾談呢？

有這麼多敲不完的短訊、除了上述那些專業人士外，餘者、八九不離十，都是廢話吧了。而廢話中、免不了會出現些含有是非、誹謗、說三道四的不當內容。幸而、若只發給一人，其內容涉及他人時、不管是何等驚世駭俗，也不會構成「誹謗罪」。也許正因如此、言多必失在個人與個人之間的短訊中，都成了言者無罪啦。

轉達訊息，如果是用易妙或短訊，利用手機或電腦將它轉去給指定之人；這位轉達者是不會負上任何責任、包括良心之責。但若是語言，那就要萬分小心了，所謂「一言既出駟馬難追」，有的內容應該轉達，有的是要「左耳進、右耳出」，不留半點痕跡，對人對己都將不會構成傷害，甚至還是一件功德呢。

將對方不該知道不該聽到的「是非」，傳到此為止；對方在全不知情中，依然生活無礙，心和氣平。但若一旦聽聞，又非公正公允的言辭，輕者生氣、重者傷己或傷人。如此、傳達者就變成「我雖不殺人、伯仁因我而死？」，罪孽不知不覺中犯下，言多必失，失去的是友情、親情，不可不慎啊。

食不言、寢不語，慎言是修養，是美德；也是求平安求幸福的良方。莫言先生若非奉行「慎言、少言甚至莫言」的生活態度，豈能有今天的成就呢？他深明言者有罪、理解厠身隨時會因文字惹禍的社會；反映現實的小說，都運用曲筆，含沙射影而不著痕跡，真是高明，能獲得諾貝爾文學獎，實至名歸啊！

二〇一三年二月九日農年除夕

# 數字迷信

中外人士都會有對數字迷信者，有些是宗教原因，其餘大都是無知和迷惑，再者是人云亦云、以訛傳訛而信以為真？

眾所週知的西方禁忌數字就是一三號，尤其是某月份內十三日遇上星期五，就叫「黑色星期五」，都認為是不吉利的日子。因為、二千餘年前耶穌基督被釘十字架，就是在十三日的星期五。是故、有些電梯是沒有第十三層，十二樓再上便是十四樓，無非將十三改成十四而已。有些地產商新建屋宇，也會將門牌號碼避開十三，以免十三號房屋難以出售。

洋人多將七號看成幸運之數，原因不明；最忌諱的號碼當然是上述的十三號。

也有個別喜歡將生辰日月看成好數字，我小兒子就將其誕辰向公路局申請選定為車牌編號。諧音的數字，被大多數無知者，尤其是賭徒們奉為圭臬，好諧音是和朝思夢想「發財」有關，因而八字就成了數字迷信者最愛。最被忌諱的當然是「死」字，所以四號便成了剋星，幾乎人人敬而遠之，避之唯恐不及？

多次受邀觀看粵劇曲藝演出，有幾次遇到那位迷信數字的男司儀，抽獎時、十八號叫做「實發」（一定發達）？二十八是「易發」，一六八叫「一路發」，五十四叫「唔死」（唔是粵語，不會之意。）三十八變成「生發」。如此一來，十四對他來講就成了「實死」，五十三變成了唔生

（不能生存）？真是無聊頂透，他卻沾沾自喜，自始至終不忘其對數字諧音對號入座的表演。

也因為這種迷信，成就了一些因數字護利的政府機構，如公路局，為迎合這些人，車牌有八字者，都要向喜愛的車主收較高的費用；香港更以投標式出售，有些車牌投價是數百萬元，牌價比其名貴轎車價錢高出多倍。

澳洲的售車經紀人、知道華人族群中存在著部份對數字迷信者，因而、也懂得顧客心理，對有特殊要求的顧客，提高申請特別號碼車牌費用。年前我購買新車時，經紀人就拿出十多個不同車牌號碼供我選擇。沒特別要求，順序則免加費用，要我挑選，我想也不想說只要順序就好了，一看、是九九四號，居然是有個死字（四號）呢？哈！前面是九九（諧音正是久久），看來我還會長命百歲呢？

其實四號對於不迷信者來說，無非是數字其中的一個。以前在原居地，先父母送紅包，還經常以每封四千元（當年越幣）做賀禮，說喜事要雙數。結婚前送聘禮去女家，禮盒的桔子是四盤、水果四盤、豬腿四隻、紅燒乳豬二隻、禮盒四擔、聘金四十萬元。我們從沒有將四字連想為「死」字，數字和「死」會有什麼關係呢？

擁有吉祥數字的車牌、門牌的人，是否就會一生幸運呢？非也非也。若果答案是肯定的話，那麼、有錢人肯定世世代代都會一直幸運下去，因為這些人會把那些數字都以高價擁為己有，豈容他人染指。拿了一六八車牌的人，真的會「一路發」嗎？我識得的一位香港移民，他以前的名車就是用了一六八，可惜他花錢買到的「吉利」車牌一六八，非但沒有再大發達，反而家財盡毀。

賭徒們沉淪賭搏，最為迷信。有一次來墨爾本觀光的友人要我帶去皇冠賭場，為盡地主之誼，主隨客便，就為他導遊。我車內經常放了書本，隨手帶著進入皇冠賭場。當友人玩老虎機時，我便可找個較安靜的地方讀書等待。豈知這位性喜賭博的友人，當天只是參觀而不賭。後來他才說，從來沒見過有人「帶書」（帶輸）進賭場，不輸死才見鬼？我笑著對他証明帶書進賭場會贏。其實，當天已贏錢，不賭就贏啦！難道不是？

數字是「死」的一堆號碼，沒有靈魂沒有生命；人是活生生的動物，為何要讓一堆「死」的數字去影響喜怒哀樂呢？數字迷信者為求安心，不惜花錢去買回自己為「幸運」的號碼，不論自欺欺人也好，或者自我陶醉，都與他人無關。除了被識者暗中笑話外，個人自由無可厚非。

但像那位司儀在公共場合賣弄他「自以為是」的數字迷信行為，卻教人不敢恭維。觀眾群中並非完全都是如他一樣無知者，或如他一樣迷信者，怎可將其主觀強加給眾人呢？尤其這主觀涉及的是一種並無科學根據的「迷信」心態。

智者不惑，迷信數字會帶來好運或惡運者，智慧肯定未成熟未足夠；還是多讀點書，多與善知識為伍，多學點科學新知，有一天悟了人生道理，開竅了、就會感到今是昨非，為自己過去對數字的執著而黯然失笑。

二〇〇六年十二月二十日於墨爾本

# 內憂外患：崛起中國面臨困境

這個題目敲打時，心情極其沉重；絕非如某些為賺取稿費而「語不驚人死不休」的作家，故意引起讀者的注意。而是因一顆愛國愛鄉之心，感時憂國冷靜思量後的雜想。

喜歡聽好話的海內外華裔人士，一心寄望中國成為盛世強國的愛國僑領及炎黃子孫們，請勿大驚小怪、急不及待的給敝人定罪？

其實、對世間萬事萬物的看法，真正如人飲水，冷暖自知。只要不是無的放矢，言之有理時，縱然有不同觀點，那是正常不過也。

當今偉大的中國，不論國力、經濟都已遙遙領先世界各國；尤其是金融風暴、幾乎將歐、美諸先進國家打跨？唯有神州大陸不但無損，且步步追趕，創造了驕傲的成績，最終成為美國最大債權國，就可見端倪。

如此成功的大國家、照說應該已是屹立於盛世的強國才對？那來令人難安的「內憂外患」？之所以內憂，其由來是冰凍三尺非一日之寒。如無「內憂」作祟，「外患」就不會似魍魎如影隨形了。

當年國父　孫中山先生奔走革命，推翻無能的滿清政府；其時、清末皇朝已是強弩將折，所面臨的恰恰是「內憂外患」。這與中國當今情況形似而實質略不同，分歧的是晚清外患已公然入侵神州國土，今日卻正在設法「圍堵」。

現在大陸的內憂是權錢交易、以權謀色；人治而無法治，貪官污吏橫行，其貪婪程度比晚清皇朝與後來被中共取而代之的國民黨更勝百倍。

由於專政而施人治，犯法者無律可懲，是「官」說了算；唯恐被秋後算帳，所有貪官莫不想方設法將財產及家眷外移，獨留個人繼續貪瀆，這就是崛起中國所獨有的「裸官」。

再來是富有者及廣大的中產階級族群，有能力者競相拋鄉棄國，移民美、加、歐洲及大洋洲的澳、紐兩國。最近也湧到新加坡、香港。務求將家屬及財產妥善安排，以免一旦國家生變而遭殃？跑不掉逃不出國門的其他階層人士，無奈的忍受高漲的房價、物價、醫療及危害身體健康的種種假藥、假酒、地溝油、有毒奶粉、超標膠囊、假學者、假文憑等等所造成的危害。因而社會充滿了戾氣、不平及抗爭。

為此、中共統治者用在「全國維穩」所花的錢比國防經費還要多；此外、每年被大小官員們花費的「三公」、即汽車、旅行、飲食全由國家負擔，已超越萬億人民幣？這種合法的「腐敗」，是讓中共幾千萬黨政官員們一齊「有福同享」。

由於內憂如白蟻，慢慢蠶食整塊「海棠葉」；換屆後的「習李新政」，是否能有效拿出強力「殺蟲劑」將全國無數「白蟻」消滅？有待時間證實。

照說崛起的中國，軍力財力強大，再非晚清當年積弱無能？豈有不知量力的國家敢挑釁？世事多變，可萬變不離其宗；以美國為首的西方列強，就看不得中國從弱變強？就不願地球上有一個崛起的中國。

於是、高唱「重返亞太」政策？明目張膽的展開了對中國圍堵。去年倭寇演出購買「釣魚島」醜劇、日本新首相安陪晉三在東京更發出狂言：「釣魚島」沒有談判餘地？配合了美國宣示將在沖繩基地、佈署魚鷹直升機以及 F-22 戰鬥機群，公開擺明是針對中國。

另方面美國步步進迫、要求人民幣升值，同時大量印刷美鈔，因為欠下中國過萬億債券，無力償還就耍無賴。借中國的錢擴充軍備、再來圍堵中國，真正是豈有此理？

倭寇甘當美國馬前卒，完全忘了山姆大叔的兩顆原子彈？越南這隻「反骨仔」也早忘了與中國「同志加兄弟」的情誼，更忘了越戰時、幾百萬軍民死在美軍炮火下，忘了美軍 B-52 轟炸機日夜焦土濫炸南、北越全境，化學藥劑令過百萬兒童成障殘。如今為了南海幾個小小島嶼，就變臉反中？當然還有與中國國境連接的印度，在南海諸島妄想插一腳的菲律賓等都蠢蠢欲動。

這些狐假虎威的狐群，將來戰火燃燒，遭受慘重傷亡時，後悔已晚，這自然是後話。為了眼前利益的國家，任由野心大國幕後操縱；歷來皆有，最終莫不損兵折將危害百姓含恨而敗。

中國假若內憂不再，全國軍民團結，外侮必然主動退卻。唯有寄望「習、李新政」領導有方，排除萬難將禍國殃民的貪吏一網打盡；再全心對外，擺脫被圍堵的困局。

二〇一三年元月十三日

# 人神共憤

大陸人民在經歷了史無前列的十年文革恐怖統治後，終於換來了「改革開放」的春天；全民「向錢看」，讓生活起了翻天覆地的變化和進步，國家也躋身強國行伍，實在可喜可賀。

海內外不少愛國或愛黨人士，莫不沾沾自喜，認為「中國崛起」了？這些愛國愛鄉或愛黨者的心態可以理解。那是對「崛起」的含意定位在「經濟富裕」「軍事強大」？因而無視於舉國「貧富鴻渠」兩極分化、許許多多農民、礦工的子弟無法上學、沒錢醫病；社會到處存在「權錢交易」、「權色互換」、「官商勾結」的黑暗。尤其可恨的事、官場幾乎到了「無官不貪」的地步？各級抓權者的大腐敗、魚肉無權無勢的「蟻民」更是「理所當然」了。

一顆外觀枝葉茂盛的老樹，內部卻被蛀蟲日夜蠶食；若不早日規劃拯救，除害蟲施肥料，這顆老樹遲早必掏空而倒塌。也就是所謂「亡黨亡國」也。

由於改革開放的成功，全民果然齊心「向錢看」；因為文革造成的傷害，人民對往昔信仰的「黨」再不敢寄望，驟失依傍。中國人幾千年來的傳統信仰早被「馬列」思想取代，變成「尚黑」的控制對象。一旦「黨」的教條破滅，這十幾億只懂「向錢看」的人民，精神必然極度空虛徬徨，那是必然及可怕的後果。

只懂馬列唯物觀的人，連最後一根稻草都失去後；心中眼裡再無可敬可畏可怕可懼之事了；胡作非為只要逃得過法律之網，真的如毛皇帝生前標榜：「和尚撐傘、無法無天」，也就「天不怕地不怕」啦！

年終前在十二月十五日星島日報「中國要聞」版，讀到幾則大陸泯滅人性的凶殘事件如下：

十一月十六日雲南的陳文法親手屠宰了六位至親，包括了父母及奶奶。

十一月廿七日北京的李磊弒父母、妻妹外、同時殺死兩個兒子。

十二月十二日湖南安化縣高明鄉三十四歲的劉愛兵開槍狂殺十三位近親並用刀重傷另一人；放火燒屋將親父活活燒死。死者中最高齡有八十六歲的叔伯奶奶、最年輕的是六歲的堂侄。

此外、重慶「殺人生產隊」黑社會集團首領龔剛模賄警、放高利、涉殺四人命案；被捕前的身份竟然是重慶萬貫科技有限公司董事長、單車行業的銷售奇才。

還有是在網上觀看到廣東東莞地區野味飲食店、公開售賣的居然是價值三千八百元人民幣一窩的「大補品」？這輯十餘張圖文並茂的訊息，將已成形的六、七月大女嬰剖腹取出內臟清洗、蒸煮過程攝錄清晰，真是「人神共憤」的恐怖「食人」鏡頭。

「百行孝為先」是中國傳統文化的精髓之一、「虎毒不食子」是動物界為延續後代的天性；做為萬物之靈的人，尤其向來自詡為「禮儀之邦」文明中華古國，更應身體力行。如今竟然背道而馳，真個是天理難容也。

殺死親生父母，兒女、妻室、叔伯、祖奶奶、堂侄等等至親，這些人倫慘案的凶手，之能那麼喪心病狂，皆因心中無所畏，沒有任何宗教信仰，道德的約束力完全淪喪了。不怕天不敬神不信報應，才敢做出這等凶殘惡行，所謂「禽獸不如」者，極之貼切。

而最該取締的是喪盡天良的「食嬰」事件，但因貪官收受了賄賂，那些「向錢看」的飲食店才能公開出售這些所謂「嬰兒大補湯」？雖然所售買的是孕婦們自願墮胎的女嬰，不論已成形或將近成形，嬰胎都應人道處理，或埋葬或焚化，那是「人命」啊。

中國人有錢後，變成暴發戶的作風若不改，那麼這些暴發戶的行為，必將危害社會及國家。中國要超英趕美，並非單單在經濟、軍事超越西方各國，就飄飄然的自命是「崛起」的大國啦？

什麼是「崛起的強國」？除了經濟、軍事超強外，更重要的是剷除全國腐敗惡吏。社會均富、讓百姓真正過著幸福的生活。城市及農村的孩子都有書可讀，生病能就醫，幼有所養老有所終，成為公平安定繁榮和諧的盛世之強國。

從中央到省、市、縣的各級掌權者都變成真正的「公僕」，而不是魚肉人民的貪官污吏。加強全民道德教育、提升人民素質。開放宗教、言論自由，人民精神有寄託，全民對執政者進行集體監督，如不久前試行的「網上」舉報。果如是、行之有時，中國才能真正成功達到「大國崛起」之途啊！

二〇〇九年聖誕節翌日

# 奶粉風波

繽紛世界無奇不有，居然連供嬰兒飲用的奶粉，都能引起廣泛關注，成為港、澳及世界各地區華文傳媒的頭條，正應了廣東俗語：「唔死都有新聞」。

事緣是香港家庭主婦們、忽然發現往日隨時可購買給新生嬰兒飲用的奶粉，竟被搶購一空；嬰兒斷糧可是大事，一查才知都是小販們每日穿梭於中港兩地，來自內地的採購者有利可圖，每天往返多次到香港掃貨。供求定律一旦傾斜，求過於供時，缺貨是必然發生之事。

港府因應市民憤懣輿論，不得不採取限購奶粉措施，以平民怨。適值中國兩會召開，殿堂討論國是；竟被捲入了一場奶粉議題？可說是史無前例了。

雖然港府頒令限購，是違反了自由貿易精神；但在這特發嚴重事件的情況下，先照顧市民所需，該會無可厚非。兩權相害取其輕，違反自由港聲譽和激起民變，前者自然較輕啦。

其實、香港政府並非始作俑者，早在二〇一二年六月、美國各大超市經已發出奶粉限購令，三個月後紐西蘭頒布相同的限購令，不少超市並貼出中文告示，寫明「每人每次限購兩罐。」去年十月澳洲兩大超市 Coles 和 Woolworth、及不同地區的部份藥店同步限購。

今年元月、德國大超市、荷蘭商業界亦開始限購奶粉；而澳門特區政府則頒令，要澳門居民登記用作優先供應。

發生這種「怪事」或者引起「風波」，成因是中國的母親們，為了新生兒女的安全，不願見到幼兒女們因為飲用「中國製造」的奶粉，忽然變成了「大頭娃娃」，或者「性早熟」，成為「三鹿奶粉」、「聖元奶粉」事件的受害者。

中國因為經濟強盛，國力提升，神舟升空、航母出海，被世人視為「中國崛起」，在大國崛起一片高歌頌德聲中，國內吏治反其道而行，變得越來越腐敗。全國無所不在的貪官污吏，禍害已像傳染病擴散，直接影響的人民安危了。

一個能讓神舟升空、可自造航空母艦的科技強國，卻無法生產讓嬰兒飲用的安全奶粉？這並非是笑話，而是國家的恥辱。奶粉事件無非是全中國數之不盡的食品安全問題之一而已，如不久前鬧得沸沸揚揚的地溝油事件，都是冰山一角。

除了問題奶粉，尚有各類假酒、假藥、假水泥、超標防腐劑、發霉大米、豆腐渣工程，每樣都會直接或間接坑人害人。為什麼？為何會出現這種重大社會惡劣禍患？全國各級政府官員們，每天的工作是什麼？都忙著公費外遊？公費吃喝嫖賭？公費享用轎車？人人中飽私囊，終於形成了現今這個連嬰兒食用奶粉，都擔心受害的所謂「崛起」的強國？

北京舉行的兩會國是議論，這大堆「公僕」們侃侃其談，至於如何解決讓全國嬰兒們，都能飲用安全奶粉？看來一時三刻是無從著手吧？

習、李新政，國人及海外愛鄉愛國的華裔們莫不寄予厚望，這班讓人「厚望」的新領導，新官上任即雷厲風行的反腐，若能持之以恆，就是「對症下藥」了。

腐敗官吏是中國的癌毒，是神州的愛茲病；因而腐敗不除，癌症及愛茲病毒必然擴散，亡國亡黨指日可待。

所有發生在中共治下的中國社會怪現象，都是因其吏治失敗，貪官橫行而造成。只要想想，為何西方國家的母親們，去買奶粉給兒女飲用，從來就很放心？為什麼中國的母親們，卻要千方百計以高價購買國外的奶粉？不言而明，就是因「國貨」生產的奶粉有問題。

各行各業，尤其涉及食品，除了經營者的自律外，最重要的是政府部門的監督；但中國的大小監督官員們，都會為了情面，為了紅包，為了私利而在驗證上簽名蓋章。明乎此、對毒奶粉事件、豆腐渣工程、假藥假酒假水泥等等，也就了然於心。

唯有將全國貪吏毒瘤剷除，要作到清除癌毒愛茲菌，單靠習、李這幾位頭領，也難於實施。應要趕快開放言論，讓輿論監督、全民參與揭發惡吏貪官。如此、中國的母親們才能買到安全的國產奶粉給兒女們，中國人始可望真正圓了「中國夢」！中國才能如假包換的成為「崛起」的大國。

二〇一三年三月十三日

# 沒落帝國

世界各地每天都有不少人想著移民或偷渡到美國，這個二十世紀的金元王國也是超級強國，自二戰後就崛起，成為地球上最威武的新帝國，在世界舞臺上叱吒風雲，幾近所向無敵。

幾億帝國子民的心態，自然是高傲與凌駕他國充滿優越感；其生活早已養成揮霍無度，只求享受生命。日常起居浪費資源的壞習慣，隨時隨地可見。這個帝國的人民，為了方便，人人自駕汽車；家居一旦亮了燈，開了電視，縱已暫時不觀看，也絕不肯關閉。陽光普照，洗完了衣服也不肯拿到後園曬乾，而是用烤衣機打乾。完全沒有半絲節約能源，珍惜地球可貴資源的環保心思。

今年四月，我赴美觀光期間，不論所到超市、餐廳，都見大量的用著塑膠袋、尼龍快餐盒；易拉罐和瓶裝水更是堆積如山。德國與瑞士等歐洲國家、十餘年前的超市早已棄用塑膠袋改換能回收的紙袋。超市門前、都設有自動機回收所有膠瓶和易拉罐。全球包括美國在內的政要，每天都高唱著要環保，要拯救地球？

動真格的是所有其它大大小小的國家，唯獨這個最強大的帝國；原來要世界其他國家人民齊心合力的節約能源，努力環保；好讓美國人民繼續揮霍？看到各國鼓吹教育公民愛惜地球；民間組織如有名的「臺灣慈濟功德會」的慈濟人，拼命做著環保的功德；可在美國每天每時、那幾億帝國人民卻依然胡亂消耗著地球資源，包括大大小小的華人餐館、超市。此消彼長，地球所受災害能減輕嗎？

為了填補日常消耗能源、唯有去侵略那些擁有大量油田的國家，去掠奪別國資源而美其名為「反恐」？到處搧風點火，引起局部戰爭；而在一場場戰爭中養胖了那大班軍火商，出兵掠奪的結果往往虎頭蛇尾收場。

金融風暴發生以後，往昔無限風光的帝國已顯得顢頇，首先衝激的是全國房地產業；許許多多再無力供還房債的人，房屋被銀行拍賣；供求定律絕對無情，房地產市場供過於求時，價格一落千丈。破產者越來越多，間接都成了社會負擔。也變相成為社會動盪不安的隱憂。

今年至六月，全美竟已倒閉了四十八家銀行。紐約郵報六月十九日報導，根據 Discover 信用卡每月公佈的資料，入不敷出的美國人占四二・四％；也就是說全國超過四成人口生活面臨困難。（這段資料取自七月一日美國亞省時報B5版。）

去年美國總統奧巴馬，為了應付虧空的國庫；再不顧美元的黃金本位價值，居然飲鴆止渴的下令庫房大量印發美鈔？這一陰招中國首當其衝，向美國購買下的那一萬億美元的國債，由於美鈔無限量印刷而大大貶值。美元最終可能變成如民國時期的金圓券或關金？

國家大印鈔票，等同向全民掠奪；而美國是等同向世界掠奪。美國國債欠下的天文數字，四月份報導，平均每戶家庭要負債五十三萬四千元。如一個美國家庭人口三位計算，全國有超過一億戶家庭，也就是一億多單位乘以五十三萬四千。

在巨債陰影下，十一月八日該國眾議院仍然通過了六千四百九十億元的國防預算；其中一千一百九十億元用作伊拉克與阿富汗兩個戰場的花費。國家巨額赤字的結果，美元必然黯然無光、貶值在所難免。（此段資料取自七月十一日星島日報國際版）

全國失業率高達九・二％，幾近占勞動人口中的一千五百萬人失業大軍，若無妥善方法處理；很可怕的會步上二戰時希特勒發動戰爭的後塵。用戰爭去解決國內剩餘勞動力、燃燒武器、擊落戰機、毀壞坦克大炮，可讓兵工廠工人大量就業。

掠奪到他國的黃金、原油均可充當空虛國庫燃眉之急。

南中國海的幾個週邊小國，最近莫不為了南沙群島等無人小島而敢捋虎鬚？明眼人都看到有美國在背後撐腰；近日又將與日本、澳洲舉辦聯合軍事演習。圍堵中國崛起是藉口，挑釁而引起局部戰爭才是美國的主因。

世界和平是一個口號，也是人類的至高理想；對於強大帝國的當政者，最重要的是永遠能讓其國家屹立，讓其人民繼續擁有揮霍享樂生活。至於地球是否沉淪，是否要拯救，無非是說來安撫其他「非我族類」吧了？

中國領導人理應聰明一點，逐步抽離那萬億美元的美國國債；不然、最終是用中國人民的血汗錢去讓美國子民享受。當年日不落國早已沉淪，今天美國臃腫身影也已漸見沒落了……。

二〇一一年七月十二日

# 圍堵中國

美國自九一一以後，對外實施了所謂「反恐」戰爭，亦藉著這一振振有詞的政策，先後出兵伊拉克、阿富汗，並插手支持利比亞、敘利亞反政府力量，成功推翻了薩達姆政權，並將獨裁狂人卡達菲逼死。

這種種並非偶然的事件，將上述幾個國家人民原本安定的生活，鬧到妻離子散、國不成國，家不成家。無辜平民傷亡人數已過百萬；每天電視螢光幕見到的以上這些不幸國家的報導，都是人肉炸彈、汽車炸彈及橫屍街頭的恐怖畫面。

目的達到後的山姆大叔，由於要派出大批到海外的遠征軍，以及在他國戰場所花費的開銷，經已讓這個霸強王國的經濟不堪負荷。尤其是金融危機後，房地產成了泡沫，縱有中國過萬億的國債支撐，長遠下去也會崩潰。

不得不先後從伊拉克、阿富汗等國撤軍；新總統上任後，精心改變了目標，提出了「重返亞洲」的計劃與佈署。為何不去非洲、歐洲或南美洲？而選擇了曾經因越戰而損失慘重的亞洲？

其實所謂「重返亞洲」的真正目的，就是「圍堵中國」；要將逐漸崛起的東方巨龍消滅，美國始能繼續稱霸全球。要達到消滅中國，首先就是圍堵；過去四年美國前任國務卿希拉利、克林頓女士，幾乎是三分之二的時間，是到世界各國訪問、會談、拉攏、收買，在她的努力下，經已完成了美國重返亞洲的任務。

自從中、日為了釣魚島問題鬧得不可開交時，早先美國一再重申在這事件上，希望中、日兩國以和平磋商、談判解決紛爭；美國將嚴守不過問的中立立場。

可當日本右傾政客安倍晉三當上首相後，經已急不及待的全力展開針對中國的方案，完全充當了美國馬前卒的角色。

同時、就在今年元旦後翌日，奧巴馬總統在二〇一三年財年《國防授權法案》上簽名、宣告正式生效。該法案明定釣魚島是「美日安保條約」第五條適用對象。（見一月五日星島日報 M34 版。）

兩天前因朝鮮核試爆，奧巴馬與安倍晉三通電話商談對策；「奧巴馬保證美國會堅定不移地對日本的安全作出承擔，包括採用核子手段，捍衛日本，抵擋別國的核子攻擊。」（引自星島日報二月十五日 M19 版。）

這意味著美國在釣魚島問題上，已表態全力支持日本，再不是如往昔的所謂「中立」。倭寇舉國當然歡欣鼓舞，氣勢囂張；有美國撐腰力挺，更可厚顏強佔釣魚島，擺出不惜與中國一戰的態勢。

日前、收到一則網上流傳的「驚心動魄奧巴馬滅華計劃」文章，署名是「清華戰略研究中心」，這篇頗長的文字，茲錄其中一小段如下：

「用戰爭手段消滅中國，已經成為美國保持霸權地位的唯一選擇。不僅如此，在時間選擇上，也沒有推遲的機會了。如果在十年內不能摧毀中國，十年後，中國的力量就會超越美國，就再也沒有機會了。因此，這場戰爭必須立即進行準備，最遲在八年內就要發動總攻勢。」

網絡傳達的圖文不可盡信，但也不全是無的放矢，有些也頗有參考價值；所謂一山難容二虎，一個地球無法同時存在兩條巨龍；這也是為何美國對中國耿耿於懷的原因。

中國南海的諸島嶼與釣魚島，造成與周邊國家矛盾，而這些小國的背後因為有一隻撐腰的老虎，自然就紛紛「狐假虎威」的膽敢向中國挑戰了。

過往越戰期的死對頭美、越兩國，如今居然能化敵為友，越南為了對抗中國，不惜與美國重建關係，可能將海軍軍事基地「金蘭灣」租借給美國？甚至與中國極友好的緬甸，奧巴馬曾於數月前旋風式前往訪問半日，也大灑幾千萬美金收買。若親美的反對派領袖昂山素姬女士取得競選勝利，中、緬關係必然會倒退，而美國又將多一個圍堵中國的棋子了。

目前、美國重返亞洲的佈署大致已完成了，才敢公開聲明力挺日本。在釣魚島的中國海監船每日執行任務，日本不斷叫囂、也必將派出戰艦巡邏。有可能主動的故意「擦槍走火」而開戰，果如此、幕後導演定必是美國無疑。

中國當下無論如何要嚴控國內的民族主義抬頭，義憤填膺人人都會有，但對國家人民會造成危害時，就應克制。「兵」非不得已千萬不能隨便用，敵人的激將法，若不明察必將上當。

當下、炎黃子孫唯一該做的事，就是堅持全面抵制日貨，不去日本觀光，假以時日若能使其經濟出現危機，那將是「不戰而屈人之兵」的上上之策，令倭寇不戰自敗。希望天佑中華民族！

二〇一三年二月十五日

# 無鹽以對

## 日本人在核輻射中等待碘鹽　中國人搶碘鹽以等待核輻射

日本東部在三月十一日下午發生了九級地震，繼之而來的是沿海城鎮被海嘯掃，恐怖天災的畫面震撼著全球螢光幕前的人們。災區的死亡及失蹤人數高達二萬八千人，十五萬棟建築物被摧毀、衍生出三十餘萬無家可歸的難民，損失了近兩千億美元的天文數字，是日本開國以來最慘重的天災。

禍不單行的是、在距東京幾百里外的福島核電廠；因為海嘯掀起十四公尺巨浪摧枯拉朽的破壞，讓核電廠六座反應堆發生核洩事件。為免輻射傷害、住在福島三十公里圓周內的居民都被迫放棄家園，頓成難民。

接二連三的災禍讓大和民族承受了最大的壓力，而核輻射性擴散的報導；更扣緊地球村人民的心。尤其鄰近的中國人民，無不對日本核洩漏格外關注；人類對切身安危的重視、算是頭等大事，再自然不過啊。

受慘重災難的日本、舉國人民表現出「處變不驚」的風範，令世人刮目和敬佩。而沒有受災的中國人民，也不知聽信了什麼「謠言」，平白鬧出了一個天大笑話；市民到處瘋狂搶購食鹽，讓鹽價剎那間高升二十陪，樂傻了那些鹽商。

一個所謂「崛起的大國」，其人民怎會如此荒謬無知呢？中國古代聖賢所說的那種「泰山崩於前而不懼」的典範，竟早已泯滅了。如果搶購鹽風潮、都是發生在農村，還可振振有詞的說因為農民們欠缺教育，才會以訛傳訛？可是、大城小鄉都同步「狂購」。這幾日在冷靜後，又引發了一股「退鹽」衝突事件，鬧出的國際笑話也夠嗆的了。

神州這片大地上生活的十餘億人，在「黨」的偉大領導下；居然能以十年歲月集體「瘋狂」的參與所謂「文化大革命」？結果「革」到全民都再不信任這個統治著國家的「黨」？當人民對國家的「公信力」完全消失後，寧可「捕風捉影」盲目追隨「子虛烏有」，頭腦豈還會清醒運作呢？跟風成了時尚，反正、自來罪不歸眾；一人去搶購鹽被發現，會成了社區的笑話，十人百人而成千上萬、到舉國皆「瘋」時，「瘋」事也就變成「正常」了。正常者反而被視為「瘋」啦。

想起北京理工大學的胡星斗教授、印在名片上的那句「萬家酣睡幾人醒」，是對今天在大陸生活的中國人最好的寫照。為何一個被視為「崛起的大國?」，其公民的操守反而如弱智者?

其原因當然是有關人的「素質」論，素質事關百年樹人的教育大計；並非朝夕可達，沒有特快車可通啊！當政者寧花費超越國防經費的開支，用在「維穩」保「江山」，也不肯為「未來主人翁」的教育投入更多經費。貪官污吏們集體瓜分國家資源，然後將刮來的民脂民膏存到美、歐、澳及瑞士的銀行。這些「掌權」者都是「尚黑」的百官啊，也就是人民的「父母官」?

要人民如何再去相信「黨」呢？恰恰相反的是，當「黨」通告一出來，再三澄清日本的核洩漏還沒有污染到中國海域時；人民的思維想到的是「沒有」等於「有」，因此、寧信其有，一呼百諾的展開了這場也是「史無前例」的「搶鹽」笑話。

正如上文所講，罪不歸眾；這些荒謬行為引起的笑話，在搶鹽者的眼中，絕對不認為「可笑」？如有「可笑」知覺的人，豈會去「搶購鹽花」呢？

當民智大開時、人民始能分清：是、非、黑、白，不會凡事一窩風的跟從尤其是能相信統治國家的領導層，是真心誠意為「人民謀福利」；而非如今天朝野競相「中飽私囊」的腐化那麼、諸如「搶購鹽」這類天大笑話才不會再上演啊。

二〇一一年四月三日

# 壯哉斯言：名作家沙葉新先生的偉論

南澳時報七月卅一日第七百九十五期「中國新聞」版，刊發了一則報導，說上海著名作家沙葉新先生最近發表的文章稱「腐敗氾濫使中華民族瀕臨最危險時刻」。這位大作家憂心忡忡的鴻文，擲地有聲，震聾發聵，引起了關注回應，不在話下。

這種與「黨」中央對國家定位看法一片形勢大好的「反調」，如今能公開發表，無論如何證明大陸當今在「廣開言論」方面，是比以前開明和較有度量。學者、作家們才敢大膽各抒己見。

沙葉新的鴻文首先對「盛世或是亂世」提出對當今國家現象的看法，其中對中國腐敗指出經已形成「四化」了，即是「黑幫化、部門化、市場化和集團化了。

「黑幫化」是警匪勾結、官匪一家，司法系統涉黑。「部門化」如職能部門和行業系統的腐敗，如交通部門、司法系統、教育單位、軍隊領域等等的腐敗。

「市場化」是腐敗有買方有賣方、有交易有核算、有價格有行情、有討價還價、有投資有回報，完全成了經濟學意義上的市場。早期腐敗多是單槍匹馬各自為政，如今腐敗份子已擴大到數十人、數百人的貪污集團，規模化也就是「集團化」了。

沙葉新先生的結論是「腐敗已威脅到中華民族存在的根本，中華民族已經到了最危險的時刻。」這位愛國的著名作家憂心忡忡的提出挽救中華民族，必須徹底反腐敗。要真正反腐敗，根本之法不在打擊力度的大小，而在於改變極權體制。

在於開創民主、實施憲政大法，三權逐步分立，保障公民權利，實行言論自由，開放報禁網禁，民主選拔官吏，主人監督公僕。只有這樣才有可能真正的反腐，也才不至於陷於這樣一種權力鬥爭的怪圈。」

壯哉斯言！這些真知灼見，在海外自由國家生活的人，其實早已知之甚祥；但在大陸這個「言者有罪」的禁區，能將肺腑高見抒發，那就非人云亦云或「邯鄲學步」了。而是要有一腔熱血熱情，要有真正的愛國愛民的情操；也不怕開罪「黨」不怕這番「真心話」白紙黑字印出來以後，被「秋後算帳」？這位作家沒有隨波逐流，以作家應有「盡言責」的勇氣，對「祖國」的亂源大膽指陳，值得尊敬。

比之海外某些所謂「愛國僑領」、「愛國文人」，不論是非黑白，總之唯「黨中央」馬首是瞻？而沾沾自許為「愛國愛鄉？」，查實是「愛黨及愛所有危害中華民族的貪官污吏」也。這些人為了個人的「利益」為了「名望」或為了收受「黨」的好處？眼裡心中緊跟「黨」，追隨「黨」，並自欺欺人的將「黨」取代「國」，因而國即黨、黨即國，愛黨即愛國，叛黨即叛國？故意「黨國混淆」，硬是「黨國一體」？那正中了「黨」的下懷也。

無可否認這些年來，中國經濟飛耀，財大氣粗之餘，不論政客或國人，膚淺者莫不一再自以為「中國崛起」啦？無視是否真正崛起？或在「崛起」背後所隱藏的種種腐敗，舉國貪官橫行，貧富兩極化，權錢交易，橫行霸道之惡吏惡棍到處魚肉人民。因而全國群體事件紛爭二〇〇三年已達六萬起，參與人數也多達三百餘萬人。

舉國掌權者的集體腐敗，人民怨聲載道四起，那是必然之事；若無法澈底反腐敗，亡黨亡國那將為時不遠也。

那些口口聲聲「中國崛起」的愛黨人士，以及那些手握大權的各級「貪官」，莫不紛紛讓家人妻兒移民海外，千方百計將貪瀆之錢財轉移國外。言行不一，正表示了這些人對崛起的「祖國」失去了信心。

為了國家民族的萬世基業，為了中華民族的強大興盛，為了挽救國家被如蛀蟲般的貪官所腐蝕，澈底反腐反貪是當務之急啊。至少應要開放報禁網禁，讓自由言論全面監督各級大小官員，比之施以極刑捉拿幾個貪吏槍斃更有效得多，因為大陸今天的貪官已多到殺不勝殺啊。

中國大陸還有真正愛國愛民的作家沙葉新先生，還有些不怕死不怕被清算的血性文人、學者，能醍醐灌頂的為國家前途下猛藥，中華民族還有希望啊當全國腐敗的貪官污吏都被剔除後，中華民族的復興，偉大而真正崛起的中國，將是指日可待啦！

二〇〇九年八月於墨爾本深冬

# 僧尼自焚

座落於南越堤岸第十群的印光寺，燈火輝煌，頌經聲激揚，數百僧尼在大雄寶殿低頭為圓寂的住持齊誦佛經，無視寺門外把守的眾多軍警。

老住持往生的消息傳出，前來弔唁的和尚、大德、比丘尼數目之多，讓人驚訝。一周後老住持火化儀式完成，寺院敲鐘集合，推舉新住持；也不知何故，竟選上了略帶北方口音、能言善道的釋心性和尚。

越戰方熾，南越政權由吳氏家族掌控，吳廷琰總統出身天主教，本是修士；在有心人操控下，宗教矛盾日漸升溫。地方領導為了討好中央，對其它教派分配資源自無法與天主教相比，全國終於出現了佛教團體的抗爭事件。

佛教占大多數的南越，佛教徒們自不能容忍被政權排斥；星星之火燎原，各省分散抗議到組成了統一指揮，而印光寺最終成為發號施令的總壇。

散發傳單、報紙刊出激發人心的號召，佛教秘密電臺的廣播，策劃示威，召集動員信徒遊行，幾乎無日無之，令南越政權疲於奔命。

一九六三年初至年底，轟動全世界的頭條新聞是南越無懼犠牲的僧尼，在西貢鬧市眾目睽睽下自焚。後來更擴及全南方包括順化（Hue）、芽莊（Nha Trang）、大叻（Da Lat）、美拖（My Tho）、巴川（Ba Xuyen）等主要城市。

每有僧尼自焚發生，事前各國駐越的傳媒、攝影記者均預先接到印光寺的電話，而得知自焚時間地點。也因此、西方媒界都能第一時間拍攝到和尚自焚的鏡頭，造成了影響深遠的南越政權「迫害宗教」的報導。

和尚、尼姑自焚，必在人流極多的廣場，往往穿黃袈裟的僧、尼還未出現；該場地早已集合了無數的西方記者、攝影團隊，自然還有不少好奇的路人。

僧、尼們的車隊開到、自焚者被扶下車，在空地上盤腿打坐，幾十位和尚們團團圍繞齊聲高頌「阿彌陀佛」。有人將汽油澆到中間打坐的和尚身上，然後劃了火柴，剎那間烈火燃燒，火焰升空；四周濃煙中，無數攝影機鏡頭爭著對準自焚者。

警車鳴汽笛馳至時，大批警察怒氣沖沖驅逐人群；而火舌吞吐中，那自焚的和尚居然動也不動的「從容就義」，令世界震驚不已。

自焚的僧、尼幾乎每週一次，更換著不同的地點；如此為爭取宗教平等而犧牲，令到抗爭漫延全國了。

釋心性住持被捕，翌日西貢街市湧出了許多示威的和尚尼姑，追隨的信眾成千上萬，高呼打倒迫害宗教的元凶吳延琰、吳廷瑈昆仲。如臨大敵的軍警扔出催淚彈，掃射強力水槍，盡力驅散示威群眾……。

自焚時出發前，在印光寺內頌經聲中，新住持釋善德拿著籤筒，讓幾十位僧尼們輪流抽取。誰抽出刻有「獻身」二字的竹枝，說是無上光榮，已被「佛」選上為「教」殉身的人，只見那位小沙彌臉青口白雙手發抖，死握著竹枝不放……

印光寺內的領導竟大多操著北方口腔，每位掌管寺院事務者，莫不對政局、時事了然於胸，有著極佳的口才，尤其組織、策略、應對，都非一般出家人可比。

每次總會有僧、尼、小沙彌抽到「獻身」的竹籤，籤筒早已備好這枝代表為教犧牲的記號；沒有僧、尼反抗，因為要為「佛」獻身，是通往西方極樂世界最快的捷徑？

釋至空和尚為了逃避軍役而落髮，出家前他是藥劑科的學生；那天打掃寺廟，發現向來加鎖的住持禪房居然虛掩，以為住持要他打掃，於是推門而入。

無意中見到桌面上擺著針筒和幾瓶藥水，好奇的拿起看，竟都是麻醉劑。他終於明白，每次自焚的師兄弟們出發前要被扶著，大火燃燒時肉身都不掙扎也不痛楚，原來已被注射了可令人致死的強烈藥劑。

住持當眾宣揚是有佛菩薩加持，自焚者就不痛苦了，真相竟然那麼可怕？釋至空越想越心驚，當晚就逃出寺廟。沒想到才離開，立被外面的共和軍拘捕了。審訊時將所見如實回應，他不知自己的逃離已成為佛教界的叛徒。

越戰結束，國家統一，各地佛教寺院，有不少高僧大德還俗，包括印光寺的多任住持及領導。他們有功於「黨」，死者被追封為烈士，生者都當了地方官。

當年反抗吳朝所謂「迫害宗教」的無數自焚而死的僧尼們和小沙彌們，竟然是越南共產黨為了推翻堅決抗共的吳朝而設下的毒計。善良的出家人，如何能洞悉政治鬥爭的殘酷呢？白白的慘烈犧牲，讓國家早日落入越共掌控而至死不知，可憐又可悲啊！

二〇〇八年六月二十三日於墨爾本

# 購島醜劇

本來是幾塊屹立海上無人居住的荒島，由於戰略位置，更因發現了這堆不起眼的島嶼海底，蘊藏了大量天然氣。當年這塊「瘦田沒人耕」的荒島，忽然成了熱門搶手貨；本來冷清的南中國海海面，香港保釣人士的船隻、中國海軍軍艦、倭寇軍艦紛紛巡航。剎那間成了國際新聞焦點，讓各國傳媒、記者們笑逐顏開，不愁沒有作業可交了。

自從中、日兩國為了釣魚島爭奪到難分難解時；今年四月日本東京都知事石原慎太郎妙想天開，要為其兒子參政造勢，打擊執政當局野田首相的聲譽，竟然提出要政府出資二十億五千萬日圓向所謂「栗原家族」購買「釣魚島」？

此君惟恐天下不亂？太平盛世時他就無法「漁翁得利」了。這一陰招果然惡毒，日本內閣在其步步進迫下，居然陣腳大亂；徬徨無計而定出了在九月十一日「成交」，順理成章的「國有化」釣魚島？

天下之事抬不過一個理字，可是對「死性不改」的倭寇們，向來輕視中國人？從其戰敗至今絕不為其侵略「惡行」道歉，已可見其心態。因此、「理」在倭寇眼中、心內是不存在之事。

假如有位中國人，宣稱擁有「石原慎太郎」家中閨女們的所有權，要出賣他的女兒去當藝妓。這則新聞報導後，不知這位「東京都知事」的老倭寇會有何反應？他會見錢眼開收錢後送出女兒？

或者要與那位中國人和購買者「誓不兩立」？按常理咱華人自然是極力反彈，可為「寇」者因其視「變態」為「常態」，也許就會見錢眼開了。此是舉例、按下不表。

從海內外炎黃子孫展開系列保釣運動至今，對於釣魚台的歸屬，不論從遠古史到近代史實，這片荒島實實在在是我中國神聖領土。在對這個本來是中國領土領海的島嶼，為何會被倭寇強行佔領？在漸漸暴光的史料中，罪魁禍首當然是美國，當年將琉球群島交還給日本時，慷他人之慨的將釣魚島一併交給日本。

再來是當年國、共兩黨當權者，包括蔣介石、毛澤東、鄧小平等，為了各自「黨」的利益，為了討好「鬼子」們，對這不起眼的荒島，抱著可有可無的心態，隨得美國與日本勾結而不吭聲？

鄧小平當年對釣魚台問題，提出：「擱置爭議、共同開發」，將爭端留給後人解決。用了一個「拖」字訣，把麻煩留給後代？可看在倭寇們眼中，認為你不敢爭，釣魚島嶼當然「非我莫屬」啦？

現在中共黨中央又將提出「解決釣魚島問題三不原則」：一是不登島、二是不在島上作資源調查、三是不在島上建任何建築物」。以為如此便是「息事寧人」？可看在石原慎太郎等好戰惹事的鬼子們眼裡，這堆群島分明不是中國領土？

馬英九總統的「寸土不讓」雖是理直氣壯，可是中華民國台灣，在倭寇等心中，根本不當一回事？同時、美日兩國勾結，將所謂「聯防」條約含蓋到「釣魚島」，也就是說，一旦中、日為此島開戰，老美這隻惡虎必然會出兵維護其軍事盟國日本。

因此、海內外炎黃子孫發動的所有民間「保釣運動」，若國家不宣示主權，不下最大決心「寸土不讓」的話？說句喪氣話，釣魚群島最終還是會落在倭寇手裡。任我中華兒女如何愛國，如何誓死「保釣」，都不過成了海上泡沫，風過了無痕。

只要倭寇的「購島醜劇」上演，中國應該即刻以行動宣示主權。要如前不久將「三沙」劃入海南省行政區，派出駐軍、派市長到任。釣魚台不適人居住，無法用處理三沙島的方法；應該派出軍艦及士兵，到島上升起國旗，在釣魚島上建築堅固軍事防禦。

先下手為強，本來是華夏的領土，掛上中國國旗後，若倭寇或其盟軍膽敢來犯，守土有責的戰士們，必當迎頭痛擊，那才是「誓死保衛」神聖領土啊。

要讓世人知道，崛起的中國，並非紙老虎？同時也可震懾越南、菲律賓、印尼與印度這些妄想助紂為虐、不斷惹事挑釁的國家。

二〇一二年九月十二日

# 臺灣之恥

正當全球眼光聚焦北京奧運，炎黃子孫為中國成功舉辦這一盛世運動會而額手稱慶之際；沒想到海峽對岸居然爆出了陳水扁的驚天貪污大醜聞，同樣的震動了世界。

兩岸對比，同時讓世人震撼的京奧與貪瀆案，一榮一辱，都揪著海內外華人的心，真令人感慨良多啊！

臺灣的民主政治，在實踐過程，雖然舉步維艱；也已讓中華兒女大為興奮，從兩次選舉政黨和平輪替，是開創中華民族幾千年歷史的先例。本以為「人民的眼睛是雪亮」的這句話是真理？但從陳水扁被選上執政的過去八年時光，臺灣選民真的吃盡了苦頭，認命的容忍這位被權力迷惑而極度腐化的總統。天真的人民被政客操弄，因選舉時的種種花招而一時迷糊，雪亮的眼睛就此被矇騙，才會選上如此不堪的小人當領導。

當然、百日前臺灣人民終於成功將這位小丑式的人物推下舞臺。讓寶島從新回到國民黨掌政，改朝換代後，兩岸局勢立即化干戈為玉帛，海峽危機消弭，那真是中華民族的萬幸。

本來、民主政制除了人民是國家主人外，還享有言論、集會、宗教等的自由。同時、監察院的職責完全可杜絕權貴們的非法貪瀆；但竟可發生阿扁在位八年的中飽私囊而沒被揭發？真不可思議，起碼、監察院要承擔全部失責的過錯。

臺灣的言論是夠自由了，可惜、誤用了自由的真義；都在揭發公眾人物的一些私隱。而不是堅持正義、監督民選領導們的治國能力和清廉。才讓阿扁這種滿口仁義道德、暗中操弄族群，全家努力非法積聚財物的人物、能夠隨心所欲的呼風喚雨，致令臺灣人民生活日益困苦。

幾千萬美元電匯去瑞士，臺灣銀行或錢莊居然不必查核？反因瑞士銀行生疑，以為洗錢而舉報，阿扁的大醜聞才能爆光。這點、臺灣當局今後要重新制訂銀行業、錢莊業對涉及往來匯款達到一定數目的帳號，都應通知稅務局或罪案調查局。

澳洲在這一方面的成就，可以讓臺灣做借鏡。往來支票、無論支票的署名者是何人，收款者是何人，只要票面價碼超過一萬澳元（約二十五萬臺幣），銀行在過帳當天一定要將這類支票資料轉報稅務局，以備抽查。匯款到國外，不論多少都要填上個人資料；工商行號、出入口業務，款項多少。錢再多，也不會被留難。因為除了個人資料外，還要填報商業號碼等細節。如此、斷無像阿扁這類無良政客將民脂民膏從容轉去瑞士銀行之理。

今早六時半在SBS電視台上，無意看到阿扁的千金陳幸妤，被一群記者追問，這位過氣「公主」猶如潑婦，邊走邊大聲說：「為什麼不去問問謝長廷？他難道沒拿錢嗎？」

貪婪蛇鼠終於互揭瘡疤了，臺灣的法務部、調查局不但要去問問謝長廷，甚至所有前朝民進黨的大小官員們，都應該一一查核，若財產與當官時收入不符而沒有正當理由者，自然是貪瀆所得，該即時緝捕嚴治。

阿扁居然將非法匯款事推給他那位坐輪椅的太太，厚顏無恥之極，還妄想利用傷殘妻子做檔箭，以搏同情？這位口口聲聲要為臺灣人民打拼、為臺灣爭取獨立、被譽為「臺灣之子」的小丑；

今天他的真面目大白於天下，成為臺灣史上最大的一宗醜聞主角，他真正是「臺灣之恥」啊！

臺灣司法部要嚴懲阿扁及其所有涉案的家庭成員，包括逍遙在美國的兒子、媳婦，都要通緝歸案陳水扁家族貪污得來的錢財、珠寶、國內國外物業、銀行存款，在審案期間、應該全部凍結等案情結束，阿扁所有非法掠奪的金錢財產要全部充公，撥歸國庫並嚴判其應得之罪，以解民憤民怨果如此、始可洗滌臺灣的恥辱，還臺灣人民一個公道。

二〇〇八年八月十九日

# 戰爭夢魘

美、英數十萬盟軍全面侵略伊拉克的戰爭已於十天前展開，這場違反國際法及無視聯合國存在的所謂「解放伊拉克」的「正義？」之師，在世人一片反戰聲中，美、英強悍橫蠻揮動海陸空三軍，從多個戰線挺進，如意算盤是速戰速決，七天後便推翻薩達姆政權，扶植傀儡，從此控制這個石油豐富的中東小國。

可惜天不從人願，盟軍困難重重，遇到了伊拉克軍民同仇敵愾的保國抗戰。美國不得不再增兵十二萬趕赴海灣，軍費預算也大大提升。如今白宮與五角大廈的發言人再次聲明這是一場「艱鉅的戰事」。

美國人自以為是的認為，只要其大軍一到；伊拉克軍民必倒履迎王師？很快即可生擒或殺死大獨裁者薩達姆。因為美國是來「恢復伊拉克人民的自由」，為他們推翻苛政。可是事實並非如此，再窮困的國家，其人民仍有國家觀念和民族主義。美、英軍隊在戰場上狂轟濫炸，民居、市場、商店大廈、橋樑、街道，到處一片敗瓦殘垣、從電視顯現的伊拉克首都及其南北大城鎮，如地震後的災厄。

尤其這些天來所見戰火屠城中的百姓，在醫院中躺在床上的小女孩、那位頭額纏著紗帶血跡斑斑可見的小男孩，失去兒子的老人、咬牙切齒揮舞雙拳的咒罵美國布殊總統；流離失所的大群難民排隊等著領食水，大批無家可歸的難民衣衫襤褸的奔向邊境暫居帳蓬棲身，他們失神的眼睛、欲哭無淚而疲憊的身體，淒涼的長長隊伍震撼著萬千觀眾。

這些恐怖鏡頭，血腥畫面，每天在螢光幕上報導；我的心緊緊揪著，那場煙遠卻永難忘懷的故園戰火，夢魘般的又一再呈現眼前。五歲稚齡的記憶，是夜夜的零星槍聲催眠，閃亮天空的不是星星而是一顆顆照明彈。從湄公河小城逃難到首都堤岸後，大後方本以為遠離了戰火，晚間屋動瓦震，數十里外古芝城郊美機B52落彈如雨。一九六八年農曆戊申年新春，西貢及華埠在鞭炮聲中同時上演慘烈的巷戰、大年初二弟弟的婚禮被迫取消，全市戒嚴，大街小巷到處是橫躺著被流彈炮火所殺的軍民。那年五月中旬，內子婉冰臨盆期近、槍聲中到永福留產院待產，數日後預早抱著剛生下的三兒明哲（Peter）出院回家。是夜美軍直升機火箭炮擊中了那所留產院，婉冰及兒子大難不死，可有不少產婦及初生嬰兒無辜慘死美軍彈火下。今日伊拉克人民的不幸與越南人民當年所遭遇無異。都是強國持強凌弱所引起。

有一位網民在網站上問我難道布殊比薩達姆更可惡嗎？為什麼我看來更討厭布殊？薩達姆再可惡，除了當年侵略科威特外，不像布殊那般妄想稱霸世界的大野心，為世界動亂埋下種子。任何發動戰爭的人無論用的是什麼藉口，都是劊子手。在被侵略國慘遭傷亡時，被送上戰場的遠征軍誰無父母妻兒？為何要把他們送去戰場，當屍骸運回國時除了一面國旗蓋覆棺槨外，留下的是其家人永遠的傷痛，因為死的都是別人的兒子，布殊和布萊爾豈會心痛？

美、英兩國過於輕敵，以為有了最新軍事作戰武器；最強大的海空火力，必定所向披靡？區區一個小國豈能抵抗？豈知驕兵必敗，雖然美、英終會攻下巴格達，但所付出的代價必定極之慘重。

兵力強大便可吞併他國，如此歪理豈能讓世人心服口服？也因此、未開戰前到開戰後，全球反戰聲浪越來越大。美、英出師無名，又嚴重違反聯合國的架構，無視國際法律，強行攻打伊拉克。傷害弱小民族的感情，激起回教徒的反感，促成第三世界人民的仇視，種下世代的怨恨及禍根，實屬不智。

聯合國成員已大聲呼籲美、英趕緊停火，這只是枉費口水；美、英兩國騎在虎背，不達目的絕難罷手，看來薩達姆的末日為期不遠了。但戰爭留下的後遺症千頭萬緒，這個大包袱到時必定交給聯合國去分擔，要全世界的國家為發動戰爭者收拾殘局。世上豈有此理之事莫過於此了，但善良的老百姓除了憤怒外，又能對美、英等領導人的「好戰惡行」做出什麼反抗呢？

百姓唯有去示威，唯有不斷的示威反戰，以民意去反抗去表白。好讓好戰者困擾，令他們寢食難安。

中國八年抗戰；中華民族的愛國心取到最後勝利；越戰二十餘載，百萬盟軍殺羽而歸，越南人民的民族主義戰勝了美國為首的百萬雄師。伊拉克人民對美、英侵略大軍所犯下的罪行，這筆血仇總會慢慢回報因果循環，任何人均是逃不過宇宙的因果定律，此為之天理也。

二〇一三年七月廿日

# 閒談神棍

世界各大宗教流傳至今，都已年代久遠；從這些正教衍生分化出來的教派也多不勝數。有者淪為邪教，蠱惑眾生為害社會，如韓國、日本的末日教、臺灣的宋七力等。

在各種不同宗教派系中，向來正邪善惡並存；某些極端的回教原教主意者，訴之暴力變成恐怖份子，著名者如至今仍被通緝的賓拉登（已在阿富汗被射殺身亡）。其信仰追隨者，並非全是無知之愚夫愚婦，其中不乏教授及博士級人才，甘為其迷惑驅遣；足見宗教力量之神奇。

亦因此神奇力量，而造就了無數藉宗教之名為惡的神棍，輕者騙財騙色，重者令信徒家破人亡，如集體自殺的日本邪教信眾。心靈空虛的人、在尋求正信宗教受洗或歸依時，切要小心慎重，以免被惑而遺憾終生。

日昨在游泳池聆聽到某讀者泳友、對墨爾本的某些神棍鞭笞，咬牙切齒的對這些假藉寺廟歛財者，對其種種瞞天過海手法數落得一清二楚，令我大為驚訝。真個應了這句俗語「欲要人不知，除非己莫為」啊！

這位老人家還是西區某老人會理監事會的前理事，雖早已退出社團，但對此間那些烏煙瘴氣的團體及個別廟宇廟祝們的行為，料如指掌。因而侃侃而談，不恥此等假冒菩薩之名及建廟的欺騙行為，竟要求在下能給予揭發？

令老先生氣憤之事是、他說他們先把泥菩薩豎立起來，廟宇越遲建築越妙？因為可對信眾訴說，菩薩沒有片瓦擋風阻雨，日灑雨淋好可憐；虔誠信仰菩薩的居士大德善信們，自然慷慨解囊，捐款滾滾來，這些神棍才可從中撈油水。然後買平治車、買寶馬車招搖，新屋換了一間又一間？有人還傳說，廟祝到街市買菜，都是用零錢，那全是姨媽、姑姐、阿婆們給寺廟的香油錢呢。是耶非耶？查無實證，只能姑妄聽之，由讀者諸君自行判斷好了。

提起神棍，不免想起在下參與的「國父　孫中山先生銅像籌建委員會」，最近開會、接到華埠熱心商家的轉達，告知有位女士要求他們簽名支持，她妙想天開，竟然不分公私，枉顧犯眾怒的想在豎立國父銅像的「澳華歷史博物館」前廣場，申請建築一座小小廟店，供拜她的偶像「娘娘」？受海內外僑胞及兩岸人民、政黨同共敬仰的國父　孫中山先生，其銅像豎立後；若在銅像前被一間小廟店阻檔了視線，情何以堪？只為個人的香油錢而不顧公義，豈非與全體澳洲華人為敵？其合伴神棍，更致電鄭毅中主席，要求將「國父銅像」移入其廟店一起供拜？真個荒唐無恥之至也。國父　孫中山先生是中華民族的偉人，而不是神不是仙也不是佛。況且國父生前是基督徒；財迷心竅的男女神棍們、竟然動起發橫財妄念，要封國父為神為佛為仙？將其與小小菩薩並排？無非怕其廟店的伸請批建人情受到阻礙，而出此「荒謬」之策？亦妄想藉國父威名、吸引敬仰者蒞臨「參拜」，可撈到更多的香油錢也。

其實要分別佛寺、廟宇、教堂等宗教信仰道場是否有神棍撈錢，實在輕而易舉之事。只要該等道場的住持、廟祝、神父、牧師或為管理該道場而成立的理事會，能對該道場的正常收入、開支、捐款及香油錢，定時公佈，每週或至少每月張貼在道場顯眼處，或公諸該道場的文宣、雜誌、特刊、報端。那就是所謂的透明化，諸事透明，尤其涉及金錢、捐款、香油錢等，定時公開發佈，並歡迎信眾查詢查帳，那麼就可杜絕神棍們非法詐財。

香油箱的開啟，應輪流邀請公眾見證監督，若無私心的廟祝、住持或理事會等有關人士，定必贊成。如無監督，難保香油錢不被神棍們中飽私囊。

社會各界人士，尤其參與公眾事務的許多僑領老爺老奶們，良莠不齊是理所當然之事；各宗教道場存在神棍，詐財騙色亦常有所聞。吾人大都抱持「明哲保身」，息事寧人，因而眼開眼閉不敢過問，才造成了神棍、社棍們的橫行。

若真有神棍假公濟私，敢犯眾怒，無視傷害全澳洲華人，而在國父　孫中山先生銅像前建立小廟店，必會受到華族群起而攻，令其抱頭鼠竄逃之夭夭也。

二〇〇九年三月廿七日

# 伊斯蘭國

從今年八月十九日開始的一個月裡，視頻上先後出現了兩位美國記者與一位英國人，被恐怖份子公開斬首的血淋淋鏡頭；以及另一位英國攝影師被迫講著違心之言三分鐘。緊接著九月十九日播放了長達五十五分鐘的恐嚇影片「Flames of War」（戰爭火焰）。

以上幾次展現在全球電視機觀眾前、自稱「伊斯蘭國」的極端恐怖惡行，震驚了世界各國人民及政府；以美國為首的打擊行動經已展開，派飛機去伊拉克與敘利亞轟炸懷疑是這班恐怖份子藏匿之處。

追隨美國唯恐落人後的澳洲總理艾保德先生，即刻宣佈派出六百位軍人與八架大黃蜂戰鬥機飛赴中東，投入了反恐之戰。可惜我們的總理不懂中文，不諳「槍打出頭鳥」的至理明言。至今到本來是人間淨土的國家，頓時草木皆兵、舉國風聲鶴唳。前週在昆士蘭布里斯本市、出動八百位軍警搜查回教教徒住宅，拘捕了十五位疑犯？如今澳洲士兵離開單位時要穿回便服，以免成為被攻擊目標，國防設施經已提高警戒。

遠在中東的恐怖份子，忽然間彷如鬼怪妖孽，比之當年已被美軍擊斃的頭號恐佈份子賓拉登更可怕、更殘忍、更暴唳。尤其這個自稱為「國」的極端回教組織，妄想建立一個國家的野心，已表露無遺。到處招兵買武器，一些移民西方國家的回教年青男女，被蠱惑被誘騙，為數二萬餘人先後從美、英、澳、法等國家紛紛離家飛去中東接受訓練，頓時成為能精通英語的恐怖份子，並且執行了幾次斬首的劊子手。

成為全球西方國家公敵的伊斯蘭國，美國估計要花三年時間始可以消滅？這些美國精英動不動就是想以其現代化武器去殺害敵人，從不會吸取歷史教訓。越戰投入超過五、六十萬美軍、最終恥辱的自圓其說是：「光榮撤退」，將南越雙手逢送給越共。韓戰時美軍的慘重傷亡也早已不復記憶啦。更近期的是奧巴馬才完成了從中東撤軍不久，如今唯有誓言旦旦的不再派兵去圍剿伊斯蘭國，改派飛機日夜轟炸。

也真不知那些美國專家是如何計算出，大約三年就能清除這個新興妖孽組織？最妙的是山姆大叔猶若早已忘記了費了九牛二虎之力，以幾年時間才佈署完成「圍堵中國」的偉大使命？居然荒謬到要求中國參加以美國為首的軍事聯盟，到中東去剿滅伊斯蘭國？

在沒有恐怖的伊斯蘭國出現前，中國就成了山姆大叔的假想敵？如今真正的敵人出現了，可以暫時犯了健忘症，厚顏求中國協助？在情在理中國是應該參加，因為疆獨份子不斷擾攘國土，或明或暗是會和這個大恐怖組織勾結。但應該向美國提條件，而不是如我們的無能總理艾德保般，唯恐搶不到功勞？畢竟中國並非美國的同盟，還是被視為假想敵的國家呢。

以美國為首的西方國家，挾其新式武器及強項經濟，對世界各個弱小國家，如中東等信仰回教地區，無論在意識形態或生活方式，動不動強加於與基督教教義有所區分的伊斯蘭教。這些西方精英份子從來是高高在上的自以為是，就像當年十字軍東征時候，戰士們一手拿著聖經一手握著殺人武器。以他們所謂的「普世價值觀」對待世界其它不同宗教不同文化背景的人民。

從來不想如此威脅其他文化及宗教的後果，所謂壓力越大反彈越強，正是如此的因由，才形成了即將面臨的宗教戰爭。宗教爭端一旦擴大，未來世界基督教與回教這兩大教派必將血流成河，永無寧日也。佛教與道教及其他所有與基督教和伊斯蘭教沒有關係的大小宗教，萬幸能免去殺戮。

相信沒有一個宗教的經典，經文會指示或要求其信徒們用殘酷手段去達到目的；那些極端回教徒，是曲解可蘭經，也就是斷章取義去鼓譟暴力和血腥。因此、這些高舉伊斯蘭為號召的恐怖份子，實際是邪教，也便是邪魔外道。理論上是人人得而誅之，美國高舉反恐旗幟，大家都該支持。但要以三年期真正消滅它，是痴人說夢。

西方國家應從本質上去檢討去反省，而不是一旦出現了這類亡命組織，總想用飛機炸彈去對付。以暴易暴，最終必將引火自焚，必定會陷入宗教戰爭的泥沼。

最後、我奉勸我們當今澳洲這位無能的艾保德總理，與美國結盟雖然是小國的縮命，但卻不應為了讓奧巴馬總統輕贊一聲，而不惜將澳洲人民當成出頭鳥啊！

二〇一四年九月廿二日於墨爾本

# 孝順源自愛

孔子宏仁義、老子揚道德、佛陀宣慈悲、耶穌講博愛這四種哲學及宗教，構成了中西文明的重要文柱；是兩千多年來各國人民奉行的圭臬，也即是所謂的傳統文化思想。中國民間風俗融會貫通的把儒釋道形成一體，異中求同並無衝突。近世才傳入的耶教也漸漸有了基礎，尤其是那些留學生，接受了西方文化的洗禮，在基督教的教義中尋到心靈的慰藉。

十年文革破舊佈新，這場史無前例的恐怖活動，把大陸炎黃子孫奉行的人生準繩，做人的尊嚴及應有的道德規範完全推翻，人性因而泯滅。鬥爭哲學成了你死我活的唯一標準，眼中心底再沒有師長、父兄、夫妻、兒女、朋友等正常的人倫關係。舊的果然都被毀壞了，只要扣上「封建」、「叛黨」、「反毛」、「反人民」、等等莫須有的罪名，都可以把一個絕對無辜的大好人整得半死。新的秩序新的思想、在那個年代對著毛皇帝的畫像幽靈朝請示晚請示，在一片恐怖氣氛裡並無法建立，因為仇恨埋在人心裡，絕難取代真理。

文革中成長者無法繼承到傳統中華文化的優良素質，自嘲為失落的這一代人，最大的悲哀是腦中一片空白，再不能分辯是非黑白；有些千方百計求棄國，來到西方學了一點洋人的膚淺玩意，為其表層假象迷惑，崇洋媚外的心態變本加厲，恨不得趕快連黃皮膚也染白了才稱心如意。

然後一知半解的把矛頭指向了被其認為是渣滓的古老文化，欲去之而後快，寫些不登大雅之堂的粗鄙文字，大聲咒罵祖宗外，更向「夕陽移民群」開刀，自以為見人所未見。其實、這些人如讀了大作家柏楊先生名著「醜陋的中國人」及「中國人，你受了什麼咀咒！」這二本書，才知道無非在拾柏楊牙慧罷了。柏楊是著名的史學家、文學家，其厚實文史根基又豈是這裡那些愛好賣弄、唯恐天下不亂者所能邯鄲學步？時至今日還再來貶抑中華傳統文化，其無知是連「東施效顰」的舉動更可笑。

大陸背景的移民，從無神論而受洗變成基督徒或歸依佛教者為數不少，這些有正信宗教的人，應該不屬於對父母叛逆、不奉不養者，因為若如此豈非嚴重違背了其教規戒律？除了文革荼毒仍殘留血中的一小部份「牛鬼蛇神」外，有教養的文明人，不論中外華洋，在澳洲這塊人間淨土，幼有所養老有所託的完滿福利社會，兩代之間的鴻溝早已不存在。也許初履斯土的夕陽移民、因為還無法享到社會福利津貼，在生活上要靠兒女支持，功利社會的人眼中除了錢外，親情算得上啥？故而衍成家變，這實在是令人扼腕浩歎。

如果認為洋人不講孝道，那必是對澳洲社會片面的主觀；他們的文化風俗生活有異於我們（如果華裔已受洗成為基督徒者，那宗教觀已是一樣）。他們不知孝為何義，但卻對親情溢滿著愛。愛也就是孝的表現，孝順源自愛，愛人如己，豈能連生我育我的父母，遍遍不愛？內子在一家澳洲私營養老院工作了十五年，那些八、九十歲的老公公老婆婆，週末或公共假期，其兒孫必前來探視，送花送禮。行走自如者，則接回家共渡週末。平時、也經常打電話到老人院其父母住房噓寒問暖；內子不知代接了多少個這種表現孝心的電話，也見証了洋人對雙親示孝的溫馨行為，他們沒有三代同堂的風俗習慣，獨立性強，但親情卻並非一如我們像當然的自以為冷淡無情？或以為對老年雙親棄之如敝屣？

心中有愛，大愛者推己及人，老吾老以及人之老，那些為社會默默奉獻的義工，去老人院載老人到聚會場地散心，他們真正回報，是心中平安，愛心使這些工作變得有義意。人子人女，豈可在父母年邁時，心生討厭，惡聲惡氣惡言相向，這種人是在造惡孽，種下惡因，必承受惡果。這並非無稽之談，你的惡行被子女目睹，你如何待父母，兒女必也照樣待你，此謂之天理天道是也。

澳洲社會真正是言論自由，父母兒孫皆可吐露心聲，人人可以說不，但這個「不」字吐出口前是要經過三思，若只是逞一時之快而傷了親情，則是破壞了和沐的家庭生活，如因此反目成仇，則又是一重惡因了，不可不慎。

身為長輩，也要自我充實，勿要增添兒孫的麻煩；能獨立時則搬出另立門戶，入鄉隨俗古有明訓，這裡潮流不興「三代同堂」也。兒女為我做了點事，甚至發來一個「易妙」電子信息，我也必說聲「謝謝！」。兩代相處如朋友，勿要倚老賣老，有談有笑，有事共探討商量。先父母生前與我兄弟如此相處，雙親往生時我與弟弟哀痛欲絕，真正體會到「樹欲靜而風不息，子欲養而親不在」的悲傷。

敬老孝親，是我們華夏文化值得驕傲的成分，也是中西古哲們的偉大學說精華，這也是人異於禽獸之重點之一。如果硬要把「敬老孝親」說成封建流毒，則其人之心早已非人心也，無非文革餘孽作崇，人人得而誅之。

把鬥爭的思想拋棄，尤其目標是自已的父母，一個對生我育我的老父母也狠心鬥爭的人，這豈會是一個好人？豈能和他交朋友？豈可和他做買賣？豈敢和這類人做夫妻？

和諧的社會是從和諧的家庭而來，家庭和沐是幸福之源泉；代溝是要用愛心去化解，而不是鬥爭。鬥爭是種惡因樹惡孽的毒素，無論老少兩代都要把心中的毒素先除掉，才可平心靜氣解決矛盾。

論壇應該是以事論事，多元觀是多元文化的基礎，人人皆可表白高見；但勿意氣用事，勿作人身攻擊，以理服人，才能贏得讀者的尊重。

二〇〇三年四月十一日於無相齋

# 功成不名有

定居澳洲幾年後、開始參與團體活動，至今轉眼四分之一世紀；去年開始幾乎淡出了所有職守，被提名也謝絕參選。只餘下有名無實的虛銜諸如名譽會長、名譽顧問，一些朋友好奇，認為「不玩社團，玩什麼？」

不少在華社打滾的所謂「領導」，就因為他們除了在社團「服務？」外，再無去處，因而才會一旦涉足社團後便至死方休？世界各地華社始會出現「終生會長」、「總秘書長」、「永遠最高名譽主席」等等無奇不有的職銜。

在過去二十五年漫長的時間裡，我業餘參與創辦了「維省印支華人相濟會」、六年前主動創辦了「維州華文作家協會」。擔任過的職守包括會長、副會長、副台長、秘書長、監事長、秘書、副秘書、理事、監事等，虛銜有名譽會長、名譽顧問、常務顧問、顧問等。除了財政、出納等涉及金錢的職務沒擔任過外，社團的各類職守大多試過了。

因參加社團而廣結人緣，交上了不少朋友；也因為社團而開罪了不少人，甚至為了主持公道，參與聲討某宗教團體「造反奪權派」，竟被奪權派公開革除「名譽顧問」虛銜，那班製造醜劇的「奪權派」遂成了澳華社會的大笑柄。我這個不識時務硬要「顧而問之」的名譽顧問，自然不受那些想「公器私用」者的歡迎，除之而後快以至於出此下策？

「玩社團」能善始善終者，大多一本服務初衷，沒存私心的參加者；或為了打發時間、或為了廣交朋友，或為做義工，不爭名不奪利，選上何職守，莫不歡喜擔當認真完成任務。

善始而惡終，參加後未久便名利薰心、走火入魔，有了名又妄想圖利；將團體誤當成私家事業，捉權不放。輕則名聲丟盡，重者身陷囹圄，已多有所見。

早年華社內部紛爭，大多是因傾右或親左的意識形態所致，其實是兩岸外交官在海外華社較勁，在僑團爭取對其政權的擁戴。隨著海外華裔的覺醒，定居各國華裔莫不鼓吹面向主流國，積極參政從政；視新鄉為吾鄉，不再被萬水千山外的兩岸政黨操弄，因而此等糾紛已漸式微。另一原因是民進黨主張「台獨」，傷透了海外華人之心，不少原本傾右的團體輕而易舉的被中共統戰而投左。

如今少了對兩岸左右之爭，大部份社團多能和諧運作；仍有某些團體出現內部爭鬥，不外是「爭名與利」。冷眼旁觀的社會人士都能看出，那些紛爭團體，大多是有錢有物業的團體，包括宗教組織。

那些存心不良的所謂「僑領」，已忘了立志服務初衷；見到所屬社團日益擴大，財源廣進，利慾薰心下，自然滋生貪念。想方設法排除異己，形成小圈子，營私舞弊，假民主之名而獨裁掌權或奪權。一方若不甘休，必鬧上法庭，讓洋法官、律師們口袋多點進帳。

某社團的領導當了多屆的會長，經已垂垂老矣，卻仍死抓著「會長」之位不放，對外說因無人接班？他苦不堪言，勉為其難也？近已覓得「接班人」，下屆必退位？奇哉怪也，民主社會的社團，竟然向中共中央學習，要欽定「接班人」？

此公太也偉大，偉大到自認為是「天縱英明？」，該團體若無他掌權，必定無法運作？他忘了大獨裁者「毛皇帝」去見馬克思後，國家還比前好呢？維州州長布克斯不久前忽然辭職，三天後選出新州長，還不是正常管理全州五百餘萬人民的大小事務？

沒有私心的首長、領導、會長、主席、台長等等，在民主社會要學習民主生活，千萬別假民主之名而實行獨裁；領導要輪替和競選，能者居之，再能的能者，精力都有限，公家事公家理，最多連任兩屆或當上五、六年的會長足矣。

本文題目「功成不名有」出自「老子」名言，也就是「功成而不居」；在「老子」另一章節中這位大哲學家又說：「功成身退，天之道哉！」要想善終善全者，非身退不可。有了功勞而不居功，為社會貢獻成名後，而退身，那才是自然之道也。

回應友人：「不玩社團玩什麼？我經常在玩「文字」，還在「玩」：讀書、閱報、看電影、游泳、散步、弄孫。如今更在「玩」教中文電腦，退而不休，活到老、學到老，而且應該「玩」到老呢，如是、豈不快哉！豈不樂哉！

二〇〇七年八月十五日於墨爾本

# 駭客與病毒

新科技無異是為社會帶來了極大的方便，自從電腦發明後，人類不管願與不願意，都被迫直接或間接的受到無所不在的電腦影響。然後就是籠罩著全球的網絡，人們在不知不覺中都先後「自投羅網」了。

凡事有利也必有害，我們只能在享受科技好處時，盡量將其負面減到最少。

當今世界最讓人佩服的駭客自然是「維基網站」了，幸而這個專門從事揭發各國機密的組織，針對的並非我等平民百姓。

駭客們大都是尖端的電腦科學家們，也有些是極年青的天才計算機迷；除了「維基網站」外，可說是食飽撐著尋開心。當然、還有的就是壞份子「入侵」盜取資料用作犯罪勾當了。

不少電腦病毒，八、九都是人為，也就是上述所講的「駭客」們的傑作了；他們將「毒」藏入附件中，用極吸引的題目，引誘收信人的好奇心。無非是誘之以利、惑之以色等手法；要嘛恭喜閣下中了百萬六合彩？要嘛是送出國際機票包六天的五星酒店，自然也有裸女圖片或佳人約會等等。只要好奇打開，閣下的電腦螢光幕即時成了「黑洞」啦。輕者能修復、嚴重者就報銷了，要購買新電腦呢。

去年我到美國為老岳母奔喪，過境香港機場，見到候機室有免費上網服務，限每人十五分鐘。

就開機發郵件給子女們，也許這些公共電腦已被駭客暗藏伺候器或密碼？我回家後翌日，先後接到不少問候電話，問我是否在希臘觀光時被搶了銀包？

上網才知我原來的郵址已被駭客入侵，更改了我的密碼，再也不能打開了。內子的電郵中，也收到一封用我原來電子郵址發出的「求救信」？說我人在希臘，被盜錢包丟失全部信用卡、護照證件。江湖救急，請即時匯出二千歐元，到我臨時在希臘銀行開設的戶口？該戶口擁有人，居然就是我的英文姓名 Lawrence Wong。

我網中存檔的親友們郵址，都同時收到上述的「求救信」，難怪關心的親友們紛紛打電話來求證。雖然最終歹徒詐騙不得逞，卻害我丟失全部電郵內的親友連絡郵址，讓我浪費了極多時日，才漫漫逐一尋回。至今仍有不少郵址，因無當事人的電話，暫時中斷了聯繫。

月前、收到了馬來西亞知名詩人李國七博士的電郵、也是求救函；不過「遇劫」地點是在英國？我自然知道是騙子所為，翌日即收到了李國七的新電郵，向親友澄清並說明舊郵址已中毒作廢了。

上週又接到南澳阿德來得的黎太太「求援」電子信，說她的侄女在吉隆坡住院留醫了？相同手法，地點有別而已。沒經驗的黎太太慌忙來電話查問如何應對？自然教她即時開新郵址，並找回聯繫親友。

為了避免再被「盜取」電郵密碼，建立密碼要用十二個鍵輸入，並交差用英文字母及數字。同時、每三、四月更換一次，改用新的密碼。同時、要將所有親友的電子郵址，分開存入計算機內和個人「鐵指」中。萬一再中招，就可取出應用。

個人的銀行卡密碼、醫療證、駕駛證、護照、借書證、銀行戶口等資料及號碼，千萬別輸入手提電腦、新式手機和家中、辦公廳的自用電腦內。只能存檔在「鐵指」或家中沒有上網的電腦。那麼、縱然被「駭客」入侵，也不會被盜取重要的個人資料。就可避免金錢上的損失，也可免身份被壞蛋們冒充為非作歹。

沒有人能永保電腦不中毒，也難保不會被駭客入侵，防範是最好的措施。上網萬萬不要好奇，來歷不明的寄信者，所有非常理的附件，都不要打開，刪去是最明智之舉。

有過被駭客入侵的經驗，僅以「野人獻曝」之誠，將丁點「心得」公諸讀者們。當然、諸位若有更高明方法，也希望能與大家分享。

二〇一二年三月廿三日於墨爾本

# 作家的名銜

作家稱謂的英文是 author 或 writer，中文名稱因為有「家」這個字，就有專業的含意在內；有別於一般的寫手、作者、記者等，是有較高地位的。如藝術家、書畫家、攝影家、音樂家、雕塑家等，在各藝術領域能夠「卓然有成」，然後才被公認為「專家」。

作家的定位完全是靠作品，如果拿不出作品，縱然自己怎樣在臉上貼金，自稱為「家」，無非自欺欺人而已。因而、任何人立志要當作家，要在文壇獲得大家公認的作家名銜，那就必要多多創作了。讓作品說話，讓作品証明自己的作家身份。

澳洲維州華人社團第一個文化沙龍組織是一九九一年初，由我當召集人，邀請了方浪舟、婉冰等幾位文朋詩友，共同成立了「墨爾本筆會」，不敢稱為「作協」。（因其時方浪舟詩集尚未面世、其餘參與文友皆無著作發行，故不敢以作家自居。）翌年因為「澳洲華文作家協會」創會，我們的文化沙龍隨之解散。

一九九九年年底我到吉隆坡出席「世界華文微型小說」會議，前往雲頂觀光途中，曾請教中國作家協會副主席葉辛先生，有關中國作協的會員招收條件？才知道和海外的華文作家協會有天淵之別。首先要加入省市的作協，有了文名後，也是視作品的數量，至少要出版了兩部著作，才能申請參加全國性的「中國作協」。

中國的作家是專業，以前要靠國家支薪供養，當然是嚴格把關。海外多為業餘創作，少數專業作家，靠的是作品稿酬和書本的銷售量利潤。早年海外也沒有華文作協的組織，只要出版了著作，作品多見報，自然而然被視為作家。

我十七歲時，立志做作家；在原居地越南，業餘創作大量文學作品，詩作並投到臺灣的「笠詩刊」、「龍族詩刊」等園地發表。後來南越淪陷，被迫封筆，作家夢也因越共新政權控制下而結束。若非一九七八年怒海餘生，定居新鄉墨爾本，從一九八二年起再度提筆創作，一九八八年由香港天地圖書公司出版了拙著、首部長篇小說「沉城驚夢」；並於翌年獲得僑聯文教基金會年度海外華文創作小說類首獎，自此才被公認為「作家」。早年立志、願望終能成真；有志者事竟成，誠非虛言。

不為五斗米折腰的業餘文學創作，自由而不受約束，沒有條條框框，不怕被扣帽子，沒有文字獄。澳洲如此淨土天堂，是任何藝術家、任何流派的樂園，更是作家或寫手們大展鴻才的地方。「澳洲華文作家協會」的成立，是應「世界華文作家協會」號召，宗旨定明：「以文會友，不談政治、不論宗教」，我參與創會，並被選為首屆理事會的秘書長。接著成立了「墨爾本華文作家協會」，緊跟著有「雪梨華文作家協會」、「昆州華文作家協會」、「維州華文作家協會」等各州分會相繼創會。

若以中國作家協會吸納會員作為圭臬，那是不切實際，也無法立會結社了；同時、海外華文作協成立的宗旨，還含有鼓勵創作、扶持後起之秀，互相切磋交流之意，並非如中國國內真正的文學專業組織。

因此、只要有幾篇在報上發表過的作品，認同作協的宗旨者，皆歡迎加入。當然、同是作家協會的成員，其作品多、寡、優、劣皆因人而異。新手加入了作協後，應該積極爭取創作，以待有一天「名符其實」成為真正的「作家」，這也是各地華文作協創會的良好願望。

可惜、不少「作協」成立未久，因其中少數別有用心的蛀蟲，或發表了一些文章，或獲得一、兩個名不見經傳的私人主辦的所謂徵文比賽獎？便目中無人，搖身一變飄飄然自認為是「大作家」了？更要爭名爭地位，在原來參加的作協，理念不合，便搞分裂另創新會。

有者懂背誦幾首古詩詞、到處拋書包，便自持才高九斗？為向居留地的「祖國」總領事館邀功，亂撰「歌德」派媚文；無視毒奶粉、豆腐渣校舍真實殘害嬰兒學童慘事；竟為專政貪官塗指抹粉，取悅權貴，自以為愛國愛黨？而無視宣誓入籍時對澳大利亞新鄉效忠的誓詞，此等喪德敗行者實仍無行文人典型。

等而下之者，不惜誹謗、中傷、誣衊他人；更卑鄙者還撰匿名信，歪曲事實含沙射影，搞分裂搞鬥爭，假禍別人，敢作不敢為，有失作家的文格人格。這小撮存在各華文作協團體中的害群之馬，理應開除其會籍，以儆效尤。

自由民主社會可貴處，在於能自由集會結社；因而衍生出或分裂出大大小小性質相同的團體，但各社團並不存在利益衝突或仇恨怨懟。這些團體領導者更不該將「社團」當成私人工具，用作討好某政黨，以達到被招待去大陸享受國家公款暢遊大江南北名山勝水的目的。

會與會應該良性競爭，互動交流，彼此尊重，共同促進會員們的進步；鼓勵文友們創作更多作品，出版著作，參加比賽。組織文學活動、邀請學者、作家主持講座，分享心得。讓文友們呈現其作品，最終實至名歸，都成為如假包換的「作家」，那樣的文社，才合創會宗旨，才能被世界華文文壇公認其存在價值。

加入了海外任何華文作協的文友們，並非等同搖身一變，已成為「作家」了？要名符其實，受到尊重，作家名銜，是要靠發表大量作品始會被肯定。

唯有讓作品說話，這大量作品的作者，必將實至名歸，成為真正的「作家」。除此外，別無它途，也無捷徑。

同時、縱然移民來澳洲才撈到「作家」之銜，若其人品德行低劣、淪為政黨工具；成為打手，愛撰匿名信者，這便成了「文痞」。掛著「作家」虛銜，欺世盜名，終究難成大器，文痞才是其真面目。

二〇〇八年九月二十四日於無相齋

# 作家的使命

不久前、德國漢學家顧彬先生公開發表謬論，嘲笑半個世紀來的中國作家們沒膽量，不敢寫些反映時代、社會病態、揭發污吏的鴻文，因而無法出現「偉大作家」？

這位半桶水的所謂「漢學家」，在發表宏論前，沒經過思量，想當然的諷刺；與事實不附的論點，再好也成了敗筆之作。

他所讀到所見到的中國作家不但很局限，而且是以個人生活在德國那種完全開放、民主、自由社會的主觀，去評議東方一個完全不同類形結構社會的作家群，以此作為對比，相去何止千萬里？

生活在大陸的中國作家群，一直都是被「共產黨」供養的一種「專業」，根據作品評級評分。為了生活，「老闆」、「上司」、「主子」的話豈能不言聽計從？

敢越軌者必受到嚴厲處分，不但會失去「作家」頭銜，沒了定期薪俸外，說不定還會身陷囹圄。

在這種沒有言論自由的環境下生存的人，尤其中國可憐的文人們，誰都知道歷代的「文字獄」始終如陰魂似的繚繞在神州那片灰濛濛的天空下。對這些中國作家深責，是有欠公平。去年年底、大陸又傳出有八部書被「禁」；作家辛辛苦苦的心血結晶，只要有點不合「黨」的口味，就出版不了。在這種環境下搞創作的作家們，如何要求他們「大膽」呢？如何苛求他們要有社會責任感，要有「盡言責」的使命感？（保命保飯碗是人的本能啊！）

本文命題，是針對所有生活在自由、民主社會，專業或業餘從事文字創作，而被視為「作家」的人。自然不包括上文所提，在中國及其它仍然沒有言論自由地區居住的作家群。以及雖然在民主、自由國度生活，搞文字遊戲自命不凡的文痞們。和某些在海外卻被「黨」暗中供養的「御用文膽」，所作所寫無非為其「主子」塗脂抹粉。

人都有靈魂，作家的靈魂有別於一般其他行業的人；因為、作家的文字，是思想激盪，創作了發表，無論是非、黑白、正歪、好壞，對讀者會產生直接與間接的影響。也因此、極權政府才會對「筆桿子」特別「照顧」，供之、養之、捧之、奉之。違背主子者的命運是：勞之、辱之、囚之、殺之。

真正的好作家，除了文章可供品讀外，在其珠璣文字中，必定藏有直接或間接的觀點，對事對人對物對社會及國家，好的頌揚，壞的貶抑。讓讀者公眾從其作品中明瞭是與非，善與惡、對或錯。這就是敢於「盡言責」的作家，也就是「有使命感的作家」。

作家的觀點未必人人都認同，因為、作家也是凡人，並非聖人。不認同沒要緊，可以反駁可以商榷。敢提出其個人觀點的作家，只要出於個人良知良能良心，而非被權貴收買，威嚇屈從而作的篇章，都值得我們尊敬。

坊間不少書籍、文章，是屬於鴛鴦蝴蝶派作家們的作品；這類文人、為了糊口生計，為稿酬創作，是其職業；離真正被敬仰「作家」名號甚遠。因為、其作品只是被讀者消遣娛樂，沒滲透任何激勵思潮的素材。虛有其表，而無靈魂。

梁啟超、胡適、梁實秋、魯迅、柏楊、龍應臺這些作家的作品引起的迴響，對社會、國家，都是一石激起千層浪，影響極其深遠。高行健的巨著「靈山」那種對自由的追求與描寫，發人深省；袁紅冰的長篇小說「文殤」及「金色的聖山」，長歌當哭對專政發出怒吼的力量，震聾發聵，餘音繚繞。這些人都必名垂文壇，後世存美譽。他們都是勇於「盡言責」的大作家，都擁有強烈的「作家使命」感！

拙著兩部長篇小說《沉城驚夢》及《怒海驚魂》，為三十二年前南越淪亡後所發生的社會巨變，旅居越南華裔們被越共排華、迫於投奔汪洋作了歷史見証。怒海餘生定居澳洲後，本著書生盡言責的使命感，以「醉詩」為筆名所撰作雜文、政論，雖皆為一己淺見，但都存了「獻曝之忱」。無論對兩岸統、獨之爭、對海外華社的陋習，對獨裁政黨的評議，對美國霸強主義的鞭撻，對阿扁貪婪嘴臉的嘲諷，對面向主流社會的呼籲，對支持華人參政的言論等等，所撰時事、社會現象，或褒或貶、或贊或諷，都是本著良知、良心著墨，心安理得外，也總無愧於「作家」稱號。

我對中國故土、愛之深、責之切；竟被某些人定為「反中」作家，唯有一笑置之；這等專門混淆「黨」、「國」之徒，口中愛國，實則愛「黨」。識時務者自然熱愛「偉大的黨」，自古愛國者，多沒好收場也。

沒有使命感的作家，不如放棄著作，去唱歌、跳舞、吃喝玩樂，免的白白浪費了自己青春和讀者的精力及時間。讀沒有靈魂的作品，除了消遣，腦中必是一片空白。

中外的任何好作品，都是出自那些心中存在著強烈使命感的作家之手；也唯有這些作家，才能創作出震撼文壇的佳作。

那些被供養的作家、御用文人，心存不良的文痞，趨炎附勢無行文人，是非黑白不分、畏懼權勢者，討好獨裁專制者流，膽小怕事者，縱然才華蓋世，因為已失去了「作家靈魂」，絕無法有佳作存世。

二〇〇七年二月十九日

# 作家與作品

一九九九年底臺灣「世華作協」出版了張奧列先生的「澳華文人百態」，這位知名文評家細數澳華作家群，重點介紹了包括梁羽生、徐家禎、心水、莊偉傑等廿七位活躍的作家；加上出現在該專著中其它篇章的作家數十位，總共七十餘位。

自該書出版至今十一年裡，全澳突然湧現了五、六百位華文作家？假如數字正確，真的是可喜可賀啊！足見澳華文風之盛應是舉世無雙了。

一九九二年四月由黃有光教授創辦澳大利亞首個「澳洲華文作家協會」後，至今全澳已有多達十六、七個文學團體，或為地區性「作協」、或以「筆會」、「詩社」等定名，真是——猗歟盛哉！

也因同類組織過多，各個山頭紛紛廣收會員，以圖壯大聲勢？於是凡發表過一、兩篇文章者，肯交納會費，便被結納為「作家協會」會員。明乎此、才能理解短短十一年間，澳大利亞的「華文作家」大踴進，由不到百位而急升到五、六百位啦？統計資料者應是根據各文學團體提供的「會員人數」為標準，而無法得到正確的作家數目。

這個華文文風鼎盛的澳大利亞洋國度、經已出現了沒有著作的「作協會長」這種怪現象。而可笑的是有人一旦掛上「作協會長」這頂桂冠後，便飄飄然，自以為成了「大作家」或「名作家」

了？早已忘了這種專業性「掌門人」與一般社團的領導首長是大有分別呢。比如宗親會、同鄉會、商會等會長職守只要是同姓、同鄉或同業就可當之無愧。

「作家」這個名詞的定義，自然是指撰作各類文章如散文、雜文、論文、小品、遊記、劇本、報導文學、各類長、中、短篇小說及微型小說者。因此、要名符其實的當作家，不只是花幾十元會費成為「作協會員」就算「作家？」。而要在加入作協後、努力學習、不斷創作，從沒有作品到有大量作品；從名不見經傳到為各地讀者所知，有了足夠作品再結集出版，才能被公認為「作家」。

最不可取者，是既無任何書籍面世、亦無好文章獲取世界華文徵文獎項，卻不忘在作協內爭權奪名？以為撈到了「作協會長？」便可以到處顯耀？那實在是天大笑話。作協會員沒有作品，只要虛心學習、多創作，反而令人起敬。「作家協會」會長沒有著作，如去參加國際文學會議，真不知如何面對其他地區的作家文友們？大概早忘了「無地自容」、和「汗顏」及「貽笑大方」這些詞句了。

個人認為要名符其實的被稱為「作家」或「詩人」，除了作品外，絕無任何捷徑。如沒有出版著作，或只在報社副刊、文藝園地發表了些沒法讓讀者記得的零篇散章；或在古文堆裡當文抄公、拋書包，便自詡為大作家，大才子？其實是空心菜，無聊（無料）之人。

「作家」或「詩人」的稱號，是那些出版過著作；或長年發表文章、創作字數超過幾十萬字；或在日報、週報撰「專欄」；或縱無發行書籍而作品榮獲了文學創作大獎者。那些經常撰作誹謗、漫罵、無中生有、胡說八道的垃圾文字，作品再多亦無資格被視為「作家」。

在澳洲的華文文學團體裡，被認為名符其實的「作家」或「詩人」有以下諸位：先從維州墨爾本算起，計有：章自競、葉華英、李祥侗、杜若蓮、黃有光、廖蘊山、黃惠元、黃玉液、羅文、婉冰、齊家貞、郭存孝、周文傑、徐剛、徐揚、阿森、王曉雨、丁友如、子軒、傅三川、周偉文、沈志敏、阿木、劉真、渡渡、田田、吳建國、湯綽霖、潘華、呂順、劉英歌、袁雪塵（駱駝）、戴秀芳、張齊清、李照然、李洋、簡昭惠、丁小琦、汪應果、羅山、吳建國、歐陽昱、華坨、陳標、畢恭、陸揚烈、姜曉茗、王真吾、巧緣、楊明顯、蘇菲亞劉、林雄等。

南澳有著名詩人：徐定戡、作家：高誦芬、徐家禎、郭燕。昆士蘭有：黃苗子、郁風、蔣中元、洪丕柱、劉熙讓、呂武吉等。以及坎培拉的陳向陽。

文人雅士多集中在雪梨，名家有：梁羽生、黃雍廉、劉渭平、盧荻、趙大鈍、彭永滔、何與懷、冰夫、西彤、張奧列、莊偉傑等，其餘作家如：李承基、郁琛張典姐、陳耀南、林斌、黃豐裕、黃惟群、錢超英、雪陽、璇子、淘洛誦、潘起生、秀凡、進生、方浪舟、趙川、田地、施國英、蕭蔚、蕭虹、吳棣、崖青、胡仄佳、張勁帆、楊鴻鈞、李明晏、大陸、阿忠、高寧、袁瑋、鈞鰲客、超一、楚雷、蓮花一詠、千波、小雨、王世彥、西貝、林達、莫夢、淩之、畢熙燕、梁綺雲、陳積民、許耀林、張敬憲、張勁凡、趙建英、李富祺、吳景亮、吳棣、劉放、林木、巴頓、唐予奇、李富祺、張曉燕、安紅、凡夫、羈魂、蘇拾瑩等。

全部細數約一百三十餘位，當然、我並非搜集澳洲所有作家資料的人，遺珠在所難免。被認同者，首要有著作出版，再來是有個人作品的「專欄」；然後是曾榮獲世界各類華文文學獎項者、最後因為作品而提升了作家的知名度，這一切皆與創作有關。

因此、沒有著作面世、從無獲取文學獎；那怕是免費報所辦的徵文獎，縱然撈到了所謂「華文作協」理事會中的種種職守，名不符實者，再招搖無非自欺欺人，自個兒臉上貼金，讓世人笑話而已。

並非作家者、加入作協後，應虛心學習；多讀多創作、多發表作品，最終才能成為如假包換的作家啊！

二〇一〇年八月廿七日初稿、十月十七日重修

# 因果與風水

風水學是「易經」這部經典巨著其中一環，也不知如何演變，世人竟獨對巨著中的「風水」章節感興趣。不少人學到點滴後，便搖身一變，自封為「大師」，為人化解疑惑，改變命運。更有者招搖於市，以先知自居，無非是變相的江湖術士、或為了賺點蠅頭小利而大加吹噓，把「風水」宣傳到玄之又玄，令人莫測高深。

風水其實是與建築業有關的一門環境學，諸如門窗的方位，傢俱的擺設，陽宅該建於何地等等。萬一有相衝突處，該如何化解，使居住者感覺舒適及心安。

要用風水改運更命，招財進寶，那實在是愚夫愚婦之見也。

偶到新開張未久的某酒樓飲茶，見其在門口內、放置一個高與人齊的大水缸、水流源源不絕往外溢，東主想必聘了高人指點？以為只要按照風水先生指示，其酒樓必門庭若市？水為財，缸水不斷湧瀉出去，那會有錢賺呢？何況一家酒樓生意的興旺與否，主要是靠經營手法、廚師水平、服務態度等因素決定，而非僅倚賴「風水」就會成功？

不然、只要研習風水學，將先人墓穴埋對了地方，家中樣樣照足風水位擺設，就能「風生水起」啦？何必再費心打拼，努力上進呢？本來的富貴人家，聘請那些所謂風水大師為其安排，他們豈非世世代代都必將永享富貴嗎？非也！非也！

大家都聽過「一命、二運、三風水、四積陰德、五讀書」這句話吧？可見單靠「風水」就妄想一生從此風生水起？世間那有如此便宜之事呢？

凡事都有因果，命途乖舛者或富貴人家的分別，不在風水。勉強也只能說風水對人的影響，無非只佔了五分之一。若無其餘五分之四的助力，再高明的風水大師，也無法將一個人的命運改變。

比如陳水扁這位天怒人怨的過氣總統，把臺灣的和諧社會全面破壞了；今年五月競選前，他還是去求教著名的風水大師，希望他這位「國師」指點，使民進黨能再被選當政？結果大家都知道了，証明風水並非萬能。

阿扁在位八年、種下了無數惡因；居然全忘了佛學的因果論，而妄想得到「善果」？若風水學無所不能，豈非完全破壞了因果定律嗎？

大奸大惡之徒，走私販毒、殺人放火；為富不仁者，錢多到無處可收藏，這種人，想必早已重金禮聘風水先生為其家居、辦公室重新佈置。種惡因者斷難得善果，此仍人天不滅定律，豈是風水所能更改？若風水可改命運，壞了因果定律，人世間天理將何存？來看看以下的分析：

一命。命是每人的生辰八字，是前世因果的延續，半分不由人。

二運。運是命格中存在著與天地磁場、陰陽界的關係；有者擁財運、有的是桃花運，當然也有舛運、霉運或種種劫數。

三風水。改變家居環境使生活舒適；並在不違背因果律內、協助命貴運佳者保持其美好人生。

四積陰德。暗中做好事，為善不讓人知，是在為己身或子孫們積德；德積得越多，其果報也越大。為人知之善事，存著求名之心，故非真善。

五讀書。讀書對命運的改變最大，現代那還有不學無術者成就大事業？或當選議員、政要。儒商、儒將為人稱頌，皆得益於讀書。飽讀詩書之人，至少變成「智者不惑」。人能不惑也就再不強求了，不惑者自能看透人生。明白了人生的大道理後，了解命之貴賤、運之好壞都在因果律內，「風水」還能更改什麼呢？

風水學是一門科學，與建築、環境、生態、地理相關；千萬勿要迷信風水萬能？學會看風水，可以助人，讓塵世多不勝數的痴愚、迷惑者得到安心。假如學了皮毛者利用「風水學」去賺錢、為人改變命運，那是變相欺騙。

風水離不開因緣果報的定律，為非作歹之徒，不仁、不義、不孝者、持強凌弱的惡棍、害人毒梟、貪贓枉法、貪官污吏等等，縱是萬金聘請了所謂大師級的風水先生，也無法改變其敗亡悲慘之命運。

希望子孫將來能夠成功，本身就要多積陰德，要讓兒孫多讀書，唯有如此才是正道。臨時抱佛腳，求教風水大師，都改變不了生生世世積存著的因果定律。

二〇〇八年八月六日於無相齋

# 有國難投者

今年瑞典頒發的諾貝爾文學獎，得主是土耳其的大作家奧罕、柏慕克（Orhan Pamuk）。去年這位大作家在瑞士招待記者，正式揭發其祖國曾犯下的大罪，他說：「在二十世紀對亞美尼人和庫爾德人的種族屠殺的事件上，鄂圖曼土耳其帝國有罪；三萬亞美尼人和百萬庫爾德人慘遭殺害。」

由於他敢於公開其祖國這段被埋沒的真相，被其國人告上法庭，因而流亡海外。得獎消息傳到時，他人在紐約，有家難歸。其國人把這位本來為國爭光、舉世公認的偉大作家視為「叛國者」？

幾年前、華文作家高行健先生、是中國史無前例首位榮獲諾貝爾文學獎的人，中國人期待了多少年，終於成功的等來了一位燦爛文星奪取了當世最高文學桂冠。本來也該舉國騰歡慶祝才對，可是、這位撰寫《靈山》及《一個人的聖經》這二本巨著的作家，因為崇尚個人及心靈自由，反對「六四」屠殺事件，不為當政者所喜，有國難投，也不得不流亡法國。

創作「魔鬼詩篇」一書而名揚全球的大作家魯西迪，想不到卻因為自由寫作，內容涉及回教禁忌，因而觸怒了伊朗大獨裁者柯美尼教主。居然頒下「全球追殺令」，以百萬獎金獎勵回教殺手，誓要刺殺魯西迪先生。害到這位大作家多年來寢食不安，東躲西藏，以免遭遇毒手。

世界各國還有無數如上述所提及的著名作家、學者，同時也有許許多多為了理想為了真心愛國的人士，而不識時務的開罪權貴，開罪國家政權，以至有家難回、有國難投，有鄉難返。

這大批有思想有學問有理念的人，是不是頭腦「壞了」呢？放著享之不盡的榮華富貴不要，而竟要去過著朝不保夕擔驚受怕的日子？

對於媚俗的世人，所求的是個人的利益，自然都犯了「有奶便是娘」的貪念；有名有利可圖，管他是不是苛政？是否獨裁者？能從中獲得些油水，也就「心安理得」對給予好處的「獨裁者」或「苛政」高歌頌德了。

這些人、根本不懂什麼才是真正的「愛國」？縱然知道「愛黨」會害慘更多的國人，也會隨意將「黨」視為「國」，似是而非的但求個人利益及享受。

大作家奧罕・柏慕克，義無反顧的敢揭發土耳其過去所犯下的種族大屠殺，正是表現了「作家良知」，也落實了作家「盡言責」的天職。被其祖國敵視，並不影響他的文學成就，反而、得到世人的尊崇。

被伊斯蘭教殺手全球追殺的魯西迪先生，為了自由理念，撰稿時也是本著良心去創作而非討好讀者或取悅權貴。縱然他真的逃不出獨裁者的魔掌而被暗殺至死，他的英名也必光輝人世，永垂史冊。

高行健先生以及許許多多數之不盡的流亡海外的各國人士，或許終生再也不能踏入其祖國了，但這些有著高貴靈魂和良知、良心的人，不論其祖國給他們羅織什麼罪名？都無損於這些人的義行，無損於這些人崇尚自由、推動民主的貢獻。

也因為人類群體中，還有這大批仍存「良知」、「良心」、「良能」而「不識時務」者的人存在，世界才變得更有希望、更有前途、和更加光明。

有國難投，久了、改變身份，收容國就成為了新的國家。

有家難回，久了、處處無家處處家，重建新的家也可安身了。

有鄉難歸，日久他鄉是吾鄉，新鄉遲早也變成故鄉啦。

做人最重要是活得心安理得，無愧此生，毋負國與家；什麼時候都能理直氣壯的面對「江東父老」。那麼、時代的英雄們，為了民主、為了自由及真理，縱被流放、流亡，而無家無國無鄉，但靈魂和身心卻能獲到無比的坦然和舒適，那是媚俗者流永遠也不會明白的。

二〇〇六年十二月五日

# 伊拉克慘劇

十餘年來每看到中東的新聞報導，最令人感到悲慘的畫面，幾乎都是伊拉克巴格達的破爛建築，滿目蒼涼；兒童們睜著惶恐眼神，欲哭無淚對著茫然的世界。斷瓦殘壁的城市、訴說著被各類飛機、導彈狂轟濫炸的悽愴。

七月六日英國發表的齊爾考特報告（Chilcot Report），總共十二卷長達二百五十萬字，歷時七年才撰完；這份應前英國首相布朗要求調查的報告，公佈後除了呈給英女王審閱（九十高齡的老人家豈有精力去捧讀呢？），其內容摘要經傳媒揭露，經已令世人目瞪口呆。

原來二〇〇三年三月間，美國小布殊總統與英國首相托尼、布萊爾互相勾結，達致協議後；美、英兩國聯手進兵伊拉克，公然入侵一個主權獨立的國家，前後三星期即大功告成。美、英軍隊進駐巴格達，當然那位被推翻的薩達姆總統，同年十二月抓到他後即被公開處決，斬首示眾。

這兩大西方超級強國的領導人，為了向其子民及世人證明進軍中東瓦解獨裁政權的正當性？居然面不改容的向世界說謊。不惜危言聳聽將薩達姆其人形容成是地球頭號惡魔？若不剷除這個惡貫滿盈的所謂「恐怖份子」，全世界人民將得不到安寧？

當年全球傳媒都發表了以下兩大國領導人言之鑿鑿的話：

「一、戰爭是迫不得已的最後手段？」假的。
「二、伊拉克存有大量殺傷武器的証據？」假的。
「三、薩達姆是迫在眉捷的威脅？」假的。
「四、伊拉克無視聯合國決議拒絕銷毀武器？」假的。
「五、推翻獨裁者是為了世界和平以及人類更安全？」假的。

原來報告揭發了所有入侵伊拉克的理由，全部都是假的；一個主權獨立的國家、縱然有能力發展殺傷武器，只要沒有去侵略其他國家，沒有發動戰爭，聯合國有那一條國際法，說明不允許國家發展殺傷武器？任何武器包括手槍、機關槍、子彈、炮彈、導彈、飛彈等等，那一類不是能殺傷生命？

戰爭是最後手段？那完全是霸強主義者無視和平蔑視生命的狂暴作風。入侵伊拉克的真正理由，是薩達姆不識抬舉，居然膽敢聲明出口石油將不再以美元結算？那是犯了「天條」啊！

說薩達姆是迫在眉捷的威脅？更是謊謬無比。小小國家、與鄰國爭端那是中東自古以來的宗教死結。除了擁有大量石油外，伊拉克並非如西方強國，落後的科技又豈能對世界存在任何威脅呢？

第四條的罪證同樣荒唐，試想想，一個根本就沒有發明任何殺傷武器的國家，又何來有那些「莫須有」的武器呈給「聯合國」去銷毀呢？

最後罪狀那完全是「欲加之罪何患無辭」了，說什麼「推翻獨裁者是為了世界和平以及人類更安全？」薩達姆獨裁統治，苦的只是伊拉克人民，又與其它國家人民何關？當然、中東戰爭，科威特和以色列等小國向來被美國保護著，設若伊拉克日漸強大，未來會影響到鄰國不假；可是國家領導人有能力將國家發展而強盛，難道就是「死罪？」

這份齊爾考特報告更公正的給薩達姆平反，原來這位獨裁者還是「剷除恐怖份子」的英雄人物呢，被譽為反恐先鋒。這幾年來、橫行世界無惡不作的極端頭號恐怖組織「伊斯蘭國」，如今就藏匿在伊拉克國內；美英入侵伊拉克，經已將這個本來美好的完整國家，搗毀破壞，成了長期宗教衝突的溫床。

伊拉克的慘劇是美國、英國聯手製造，十三年來，該國人民已因戰亂、美英狂轟濫炸致死幾十萬人，幾百萬人民淪為無家可歸的難民。而殺手們卻不肯為這場人類大殺戮認錯或道歉？英軍陣亡戰士家屬說：「全世界應該注意一個頭號恐怖份子托尼布萊爾。」與美國小布殊總統聯手、發動入侵伊拉克的前英國首相布萊爾，這兩個死不認錯的政客，報告發表後，只說他們是被「錯誤情報」引導？

從這份報告調查看，所有入侵伊拉克的理由全都是謊言；最重要原因，就是薩達姆想改變不用美元結算。今天、南海紛爭，美國航母兵臨中國海域，最重要的也就是：中國有意要改用人民幣作為貿易結算。

如果美國任由他國隨意更改遊戲規則，今後豈能生存？美元再不重要，美元印刷工廠不必再加班了，軍火商們也無利可圖啦！所以、薩達姆非死不可，伊拉克人民非下地獄不可？

二〇一六年七月十一日於墨爾本

# 宗教與迷信

「心存邪僻任爾燒香無點益
身扶正大見吾不拜有何妨」

——王禪老祖

當代易經心法總導師、傳承自王禪老祖法脈的臺灣禪機山仙佛寺住持混元禪師，於二〇一五年九月十四日率領了廿九位弟子們蒞臨墨爾本；前來祝賀其嫡傳弟子黃紫蘭女士的易經學院創辦十週年校慶，並於翌日假博士山市議會禮堂、主辦一場易經風水的弘法大會。混元禪師弘法團前後四日旋風式訪澳洲，讓墨爾本信眾及僑界掀起了一股易經風水熱潮。

王禪老祖成道前、就是戰國時代頂頂大名的「鬼谷子」，因隱居於穎川陽縣的鬼谷中而以地名自號。成道後被尊為「中國智聖」、共有一百零八位弟子，名傳後世的有孫臏、龐涓、蘇秦、張儀等大人物。

在台中禪機山仙佛寺大殿供奉著王禪老祖聖像；此次在博士山易經弘法會上、贈送給聽眾們的「鬼谷子心法在台灣」，首頁彩照就是王禪老祖法相，兩邊的對聯便是本文題目下所引用：

「心存邪僻任爾燒香無點益
身扶正大見吾不拜有何妨」

王禪老祖開創的法脈，這一派系的正信宗教是道教，雖然也是燒香拜拜，但卻有別於佛教。混元禪師廣傳易經風水學的目的，源自大愛之心；開班授徒的宗旨是不忍見眾生苦、破除迷信、破除偏執之邪法、願人人平安世界和平、利人利己普應廣傳。過去十年每年都在元旦日、假臺北巨蛋體育館、舉辦盛大的世界華人祭祖大典，也是祈求中華歷代祖先顯靈促成世界和平，混元禪師慈悲之心，感天動地。

正信宗教絕不導人迷信，王禪老祖聖相的對聯，正好說明做人如正派，是堂堂正正的君子，沒有為非作歹不行奸淫邪惡；見到成道後的祂，不參拜也沒關係啊。反之、那些貪婪、奸邪、淫棍、偷竊、欺凌的小人惡棍們，縱使日夜燒香叩頭跪拜，也無半點益處。

佛教經典中有一位著名的丹霞禪師，在寒冷的冬季外出，可能錯過了市集，唯有在一座破落古寺院內掛單；睡臥在佛堂側、因為太冷找不到禦寒棉被，靈光一閃，竟然將堂中木佛取下劈開當柴燒了取暖。口沾禪詩如下：

「古寺天寒度一宵，不禁風冷雪飄飄；
既無舍利何奇特，但取堂中木佛燒。」

木佛何來舍利？既然是沒有舍利子的木菩薩，本來是木料所造，為了禦寒唯有燃火燒木佛了。這則故事恰恰與國父　孫中山先生童年時路過鄉村小廟宇，為了破除迷信而將殿上泥菩薩的手拗斷，向小朋友們証明殿堂上供奉的並非什麼神佛？

所有世界上的正信宗教、其宗旨幾乎大同小異，都是導人向善、成為社會有用之人和國家的好棟樑；主要的正信宗教如羅馬天主教、蘇聯、希臘、埃及的東正教、猶太教、溫和派系的伊斯蘭教（回教）、印度教、大小乘佛教、喇嘛教、中國道教、基督教、越南高台教等等多種。

這些不同宗教的管理層或負責人，稱呼名號繁多、如天主教的教皇、紅衣主教、主教、神父、修女、修士、牧師、上人、上師、大師、法師、禪師、道長、喇嘛、長老、住寺、和尚、高僧、小沙彌、比丘尼、師姑、尼姑、道姑、仙姑、居士等等。無非是在各不同宗教內的高低等級或資歷深淺之分。

正信宗教給予信眾們的是靈修方法，也就是正能量，讓信眾們能夠在生活中獲得心安、平安、健康、幸福、快樂和進取。有宗教信仰者，虔誠的信徒，必然都因精神有寄託而心安理得。

有別於正信者對宗教信仰的心靈依歸，而成為非份祈求的迷信之人，典型者如那些到佛寺、廟宇、庵堂、教堂、道觀向諸天神佛妄求發橫財、妄求子孫功名、亂求妻妾成群或祈禱長命百歲、永保青春和健康永駐等等行為。

月前報載中國名女人李小琳去到內蒙古、受戒於赤仁波切大師門下，獲賜法名：「格丹央金措姆」，她的目的出自孝心，祈求患病的父親李鵬能恢復健康？假如這位當年身為中國總理的掌權者、確是下令向天安門學生鎮壓之人，那無數慘死冤魂們日夜糾纏在他身前身後，又豈是其女兒歸依密宗佛教而能化解？正好合了王禪老祖聖像兩邊、那對楹聯上句所陳：「心存邪僻任爾燒香無點益」。

因此、要求神拜佛，求阿拉真主、祈求全能天主、禱告萬能上帝的人，務必先要求自己修身養性，做一位堂堂正正的人。只要是好人，沒有做壞事的君子，那麼、才能如智聖鬼谷子聖像那對聯語下句所說：「身扶正大見吾不拜有何妨」。

二〇一五年九月二十日於墨爾本無相齋

# 闗張與金貴？

當讀者們看到拙文的打題，一定摸不著頭腦？猜不出敝人葫蘆中賣什麼藥？如果猜是兩位小說中虛構人物的姓名，那還算是「合情合理」，因為姓關名張和姓金名貴，都有此可能。

但如果告訴讀者們、這是敝人經常在電視劇集對話中，經常聽到的兩個不知所謂的詞語，那就頗費猜疑了？照講作為編劇或導演，文化程度未必是頂尖一流，但至少對中文的認知，也應要有相當水平吧？豈可張冠李戴、胡亂套用？

我無法考核這兩個莫名其妙的中文詞語，是否經已在大陸流行？當然更無法知悉是那一位「天才」或「白痴」亂造句，而被以訛傳訛的沿用著？

什麼叫「闗張」？造詞的白痴當初寫劇本，趾上主角對話要說「那家店鋪經營不善而倒閉了」，或關門大吉不再做買賣？自作聰明的這位白痴，只懂得開始做生意的店鋪叫「開張」，想當然的以為倒閉不再開門營業的店鋪就叫「闗張」？

開不正是闗的反面嗎？此君不懂得「閉」這個單字，於是自認為開張的反面不正是「闗張」？而那些導演、明星也通通面不改容的照搬照用；久而久之，我們偉大的中華文化便在大陸衍生了這個怪詞啦！

闗與張正好是相反與對立，那麼、形容店鋪倒閉胡亂叫出「闗張」？究竟是闗閉了還是開張啊？或者又關閉又開張吧？真是服了這位「天才」啦。

另外一個也是經常聆聞的「金貴」，此君與發明「關張」者，若非同一天才，也必然都是「白痴」了。查遍字典，就找不出金貴的來源？終於在劇情對話中，明白了是形容富貴人家或貴婦人的氣質，將「矜貴」誤作「金貴」。因為「矜」字與「金」字同音也。

粵語發音這兩個字就大有分別，「金」字讀「今」、而「矜」字讀「經」；所以就不會混淆「矜貴＝經貴」與「金貴＝今貴」了。此位隨便亂用字的人，可能會以為「金貴」才是對的呢，誰都知道黃金是貴重物啊，對不懂得的「矜」字，不求甚解，用「金」字替代過關？

二〇一一年十一月六日、偶然收看清晨六時半ＳＢＳ電視台，每天定時轉播北京中央電視台第四號頻道新聞連播節目，當日的節目主持人是夢桐小姐、不知她是照讀新聞稿呢或者是自創的在報導中，用了一句「喧囂塵上？」

鬧了笑話了，如果單用「喧囂」這個詞，就完全正確；可是幾千年來老祖宗大智慧創作的成語，早已約定成俗，豈可亂改亂編呢？我是一位終日與方塊字打交道的人，一聽就發現有誤，才會隨手將當天日期抄寫。

「甚囂塵上」是形容對某事件「擾擾攘攘」、眾說紛紜或紛亂之意。改為「喧囂塵上」就不倫不類了。比如「馬到成功」，總不能硬改為「馬到勝利」或「馬到成就」吧？又如「東施效顰」不可改為「西施效顰」啊；成語典故都是歷經數千年歲月流傳著，而被代代炎黃子孫沿用，不必解釋不必備注，一說出口或引用在文章內，大家即刻了然於胸。勝過千言萬語，那就是中華文化的精湛所在。

要讓博大精深的中華文化代代傳遞下去，國家與人民，社會與大眾都要同時肩負這種使命；千萬不要有走捷徑的念頭，尤其是所有從事教育、文化、傳媒業者更應慎重。

影藝員，劇本作者、導演、編劇到演員，除了追求票房外，涉及文化、文字、典故、歷史、成語等都不能大意，務必以敬業樂群的心態面對。千萬不能「以不知為知，以訛傳訛」；個人鬧笑話事小，影響吾族文化事大。

最近在劇集中又出現了一個莫名其妙的新詞：後怕？百思難解的是明明講的是「害怕」，竟然搖身一變成了「後怕」？

功利社會往往急功近利，粗製濫造，更有不少業者不惜作奸犯科，偷工減料或以假貨訛詐；因而中國品牌或中國製造的產品，在國際上已聲譽大損。若文化事業也步上此等亂象後塵，受危害的就不是外族人士了；而是會將中華民族幾千年傲人文化深度破壞，讓後代子孫繼承到一大堆文化垃圾與渣滓，不可不慎啊！

二〇一一年十二月九日初夏於墨爾本

# 撤飛彈泯恩仇

臺灣歷經八年由阿扁無能統治造成的社會動盪，終於在馬、蕭大勝後，讓臺灣人民對未來重拾希望；讓海內外華人在為民主選舉成功歡呼之餘，對兩岸過去劍拔弩張的緊張情勢得以緩和，莫不額手稱慶。

臺灣自國民黨再度贏回政權，將不得民心的執政黨趕下臺後；全球僑社大多為此次的馬、蕭大勝喜形於色。各地祝賀電訊、廣告賀詞排山倒海般湧現，足證得民心者昌。以選票方式政權和平輪替，對依然堅持一黨專政的中共，無疑是一記啞棍，有苦難言。對那些常說中國人「不可能效法西方式民主」的假論理，亦是當頭棒喝。

在馬蕭漂亮贏得此次大選後，兩岸和平相處已即時露出曙光；對過去由阿扁掀起的台獨謬論及敵意對立，經已暫時消弭。故本文行文開始首句不用天佑中華民國，而打下「天佑中華民族！」其意在此。

中華民族自是包括了兩岸所有中國人以及海外的華僑及華人。海峽兩岸若兵戎相見，受災受難的也就是我中華民族，豈獨是臺灣人民呢？

不論是九二共識，一中一台，不獨不統或那一類和解新方案，只要一方不作出越軌越線過激行動，戰爭無論如何是不會發生。當然、若阿扁者流在五月交出政權前，不甘心失敗，突然行動片面宣布台獨，對海解放軍斷無坐視不管之理。那一千多枚飛彈可能就會射向臺灣，而導致中華民族的大悲劇。

但願這種杞人憂天的荒謬事不會發生。五月政權順利交接後，馬蕭執政，臺灣的新局面，新總統副總統再不會像阿扁那種流氓本質，說出或做出讓對岸無法忍受的言論和動作，那麼、兩岸已不存在戰爭對峙局面了。

兩岸人民本就是一國一家人，臺灣人除了原住民外，餘者不論是閩南人客家人，莫不是大陸的移民。只分早到遲至而已，早者也不過幾代人，遲者就是隨蔣公渡海的部隊及其家屬。政黨有不同政見，國共領導人因為政權易手而心存芥蒂，當年那些人物都走入了歷史。與新生代當政者是沒直接關係，何來仇怨呢？

如今阿扁失去執政權，台獨風險已去，國共合作前景光明；在此大好形勢下，為了向臺灣人民示好，大陸當政者應該在馬、蕭就職上任後，大大方方送給全臺灣人民以及全球華人一份大賀禮：宣布撤除那一千四百餘枚對著台海的各類飛彈。

胡、溫新政倡議「和諧社會」，臺灣已不再訴求獨立，兩岸在將來時機成熟時，終會統一，炎黃子孫分久必合，應毋庸議。飛彈是用來對付敵人而非對付國人，臺灣人民也是中華民族的成員，為了社會和諧，為了展現大度及善意，中共撤除飛彈將令臺灣人民衷心感激，對兩岸百利而無一害也。

撤飛彈是泯恩仇的第一步好棋子，中國人都講面子，尤其臺灣人多有宗教信仰，對於主動消弭敵意的對岸，必定心存感恩。接下來的任何談商就會充滿了和諧祥瑞氣氛，也必將為兩岸帶來互利互補互助的雙贏局面，何樂而不為呢？

天佑中華民族！

二〇〇八年四月三日於舊金山旅次

# 希拉里的預測：中國將成為全球最窮的國家？

月前美國國務卿、希拉里、克林頓女士（Hillary Clinton），在美國名學府哈佛大學發表演講，對將來的中國預測：二十年後，中國將成為全球最窮的國家。她提出了六點依據，濃縮原文幾重點節錄如下：

一、中國九〇％的官員家屬和八〇％的富豪已申請移民。中國統治階層和既得利益階層為什麼對自己的國家失去信心？

二、中國人所受的教育，或者是宣傳媒體基本上都是仇視或妖魔化他人或他國，讓人民喪失理性和公正的判斷。

三、中國人是世界上少數沒有信仰的可怕國家之一。全民上上下下唯一的崇拜就是權力和金錢，自私自利、沒有愛心。

四、中國人民大眾過去是權力的奴隸，演變為金錢的奴隸。這樣的國家如何贏得尊重和信任？

五、大多數中國人從來就沒有學到過什麼是體面和尊敬的生活意義；全民腐敗、墮落、茫然的現象，在人類歷史上空前絕後！

六、肆無忌憚地對環境的破壞、對資源的掠奪，幾近瘋狂。這樣奢靡、浪費的生活方式，需要幾個地球才能供給？怎麼不能讓他國擔憂？！

最後她說，中國應當順應時代潮流和人類文明趨勢，主動變革，關心民生，重視民主，不能不負責任地推拖和壓制。否則，中國只能越來越不穩定，將會出現大的社會動盪和人道災難，二十年後，中國將成為全球最窮的國家。這或將是全人類的災難，同樣會是美國的災難。

驟看之下、彷彿是敵對勢力重要首腦在抹黑中國？可深入思量，這位當今世上擁有最高權力的女強人，統治美國的第二把手人物；沒必要面對國內一流學府殿堂，特意去作無的放矢？尤其是對中國這麼一個龐然大國，胡亂發表政論或對他國作出「危言聳聽」預測，實屬不智？如此一位高智慧的政治家，所講內容必定有其充分依據也。

細讀她所陳述的六點內容，不得不佩服她對中國國情、民情的詳盡掌握；至於二十年後，是否將一如她預測，中國將變成世界最窮的國家？那只好留待時間証明了。

但後一句話說中國或將是全人類的災難，同樣會是美國的災難。倒非杞人憂天。只要看看今天自忖為「崛起大國」的大陸人民，到海外觀光時所表現的極低素質及那種目空一切的德性。便可知如此一個佔世界四分之一人口的國家，這十餘億中國人的言行、表現，早已喪失海外華裔們一向引以為榮的「中華文化傳統」的道德及行為規範了。

這佔四分一人口的領導們如今有百分九十的家屬及全國富有者，都千方百計求棄國？（對國家喪失信心，當官的都在未雨綢繆？將妻子兒孫和財產轉移國外）餘下的人，有辦法者莫不也朝思暮想要移民外國。剩下無錢無勢的老百姓、當國家一旦動亂，競相要逃離亂邦時，豈非成為世界的災難？也自然成為美國的災難啦。

以前對於被外國人詬病、說中國人素質低落時；心中總自作多情的認為，中國國家太大了，人口太多了？尤其是廣大工農群眾們，因為沒機會接受良好的教育之故？只要假以時日，將來中國人在世界上必將揚眉吐氣！

接觸面廣了後，才知道原來大陸人素質低落，並非都是沒受教育的工農群眾們；而幾乎包含了各式各樣的階層、甚至是高級知識份子的藝術家、老師、學者、博士及教授們。形成這種全國「人品」全面墮落的最大原因，應該是「十年文革」的遺禍吧？中華文化中最優秀的倫理學、在那恐怖年代早被「鬥爭、清算」取而代之。

改革開放後提倡的「向錢看」，一下子全民都變成「拜金主義」了。早年信仰的「共產主義」或「社會主義」也被文革泯滅了，全民因無信仰而無任何精神寄託？生活茫然，除了追求名牌顯耀錢財外，人人都變成金錢奴隸了。

中國要真正成為崛起的強國，絕非僅靠軍事力量、發展太空航天技術？這些都是次要。首先當政者要明白：「十年樹木，百年樹人」這金句名言，縱然所有高官們的子女、兒孫都遊學西方名學府，為了國家未來，不至淪喪為「全人類的災難」，當務之急是即時加強全民教育。

由中央至地方全面提倡：「中華文化傳統倫理道德」；提升全國人民的素質，唯有教育，舉國全方位立刻實施教導學子、工農兵群眾及各階層人民「做人的基本行為準則」，禮、儀、廉、恥都要從新學習、加強訓導。

最後、衷心希望美國國務卿希拉里、克林頓女士，對中國未來的預測只是「危言聳聽」？天佑中國！

二〇一二年六月廿二日

# 軍國主義幽靈

日本相首、安倍晉三去年底上任後，即時暴露其搶奪釣魚島的野心，發出狂言說：「有關：「尖閣列島」問題、與中國沒有談判餘地。」同時、為落實反華而即刻進行在首任期間倡議的所謂：「自由與繁榮之弧」，要全面圍堵中國。

先派出岸田文雄外相遠赴澳大利亞，與卜卡外交部長會談，意圖「外交包圍」中國？可精明的卜卡部長豈能受其蠱惑，明知澳、中兩國貿易每年入超幾十億元、過去十年因中國大量採購煤氣、礦產而讓澳洲不但免去金融風暴危機，且舉國經濟欣欣向榮。豈能隨便開罪中國這個大顧主？安倍的如意算盤、旗開非但沒得勝，且已露出了失敗的端倪。

此外、在元月十六日安倍更派出代表他的特使河井克行前往歐洲多國，先訪問布魯塞爾、並將安倍的親筆信交給北約秘書長拉斯姆森，企圖說服北約共同對付中國？

緊接著安倍親自出馬，趕往越南、泰國與印尼，妄想施展其「戰略外交」？目的拉攏東盟各國一齊反中，以達其不可告人的陰謀：施政方針展現「安倍主義」。說穿了是恢復「軍國主義」，這個獰笑的幽靈正借著安倍晉三這小丑人物還魂。

中國崛起並不是世人都如同我華夏子民那般興高采烈？以美國為首的西方列強，由於擔心其世界大阿哥的領導地位沒落，年來經已小動作不斷。新年元旦剛過、奧巴馬總統在元月二日即簽署了

「二〇一三年財政國防授權法案」；該法案「明定釣魚島是〈美日保安條約〉第五條適用對象。

這意味著憑藉所謂「美日保安條約」，美國公開宣佈支持日本非法侵佔中國領土；所謂「世界警察」的面目，完全與其帝國利益掛勾，那來的公理正義？一如當年美軍「侵略」伊拉克，假藉「發現薩達姆擁有核武器」的子虛烏有事件而大軍壓境，將一個主權國家弄到如今殘敗不堪，再一走了之？

元月十五日起一連三天、日、美在宮崎縣新田原基地，盟合舉行最大空軍演習。英國與日本加緊互動、商討共同研發武器；凡此種種並非偶然、完全圍繞著一個大目的，合作圍堵中國，不讓這條東方巨龍崛起？

拿起石頭砸自己的腳、是美、英等帝國最好的寫照；為了圍堵中國，不惜與軍國主義幽靈共舞？山姆大叔竟已完全忘記了倭寇偷襲珍珠港的慘痛教訓了？東盟諸國難道也都患上了「老人痴呆」失憶症？日本皇軍鐵蹄血淚侵略史歷歷在目、二戰時倭寇成立大東亞共榮圈的慘痛教訓都能一筆抹掉嗎？

可全世界的中國人民、炎黃子孫、海峽兩岸四地十餘億的華族、及海外華裔們都不會忘記「南京大屠殺」的血海深仇；不能忘記八年抗戰神州國土上犧牲的幾千萬軍民，被姦淫、被凌辱、被污衊、被殘害的華夏男女老幼，無辜的冤魂安息了嗎？沒有、絕對沒有，因為軍國主義的幽靈又將顯現了，只要倭寇們的政客仍去參拜靖國神社時，神州幾千萬以及東南亞幾千萬的冤魂都不會安息。

今天安倍晉三領導下的日本，由於有美國等撐腰；張牙舞爪不可一世的妄圖快速重建其大日本皇軍，妄想再次揚威於世界？此等窮兵黷武的政客，只會將其國家引領上滅絕之死陰幽谷，所謂天作孽猶可恕自作孽不可活，亂世必生妖孽，安倍晉三這隻從十八層地獄再偷偷還魂的幽靈，遲早必將其子民帶往煉獄，那必然是自食惡果，把「軍國主義幽靈」重打入地獄，也是最大快人心的結果。

有專家撰文，希望「習、李新政」為了中國穩重崛起、應再延長「韜光養晦」十年。問題是中國一忍再忍，而敵人卻無事生非，極盡挑釁，目的就是燃起戰火。

習、李縱有大智慧，能忍人之所難忍？但若全軍民不惜犧牲、誓死要保家衛國，在民族主義浪潮下，擦槍走火就有可能發生。到時、韜光養晦已無法延長，中國軍民唯有亮劍出鞘啦！這將是國之不幸民之不幸也。

因兵乃凶器、可使生靈塗炭，非不得已始用之；愚見認為能忍則暫時要強忍，若能「不戰而屈人之兵」，那才是上上策。凡我中華兒女、炎黃子孫，皆應萬眾一心，暫時拋開成見；全心合力抵制日貨，讓倭寇經濟崩潰，到時軍國主義幽靈自必灰飛煙滅，再難作祟。

二〇一三年元月二十日

# 南海戰雲密佈

自從中國在南海諸小島填海造陸地，擴充了這些島嶼並在島上開始部署軍力，並建築了擁有長達一萬英尺跑道的機場；可供戰鬥機起落之用。同時還安裝了地對空導彈系統，隨時可將入侵敵機擊落。

不管從理論或國際法律上看待中國在自己領土內的活動，絕對是無可厚非；可是、由於分佈在南海諸多無人島嶼，不但發現了極其豐富的海底資源，而且、更是中國南方的重要戰略門戶。倭寇始終要強爭釣魚臺、菲律賓與越南亦早已覬覦那堆無人荒島，全是利字當頭作祟。

作為世界超級強國的美國、不但對中國這個大債主國沒有半分尊敬和感恩，山姆大叔們的深心是既驚且懼；眼看東方這隻沉睡已久的睡獅、在實施改革開放後的短短歲月裡，便一鳴驚人的躍身一變，騰空而成了巨龍。身為世界舞台號稱一哥的美國佬，過去這些年來、所有民生日用品幾乎全由中國入口，而欠下了中國超過一萬億美元的國債。講得難聽點、過去這些年來、就是中國在供養著美國人。

可是、恐懼中國崛起的美國、非但不對中國感恩圖報？卻一反常態、不斷叫囂不斷挑釁，目的是想逼中國開戰？要挑起與中國的戰爭，最好方案就是利用中國在南海造陸的藉口？美國佬的如意算盤是，戰場若發生在南海，遠離其國土萬餘公里。相反、卻在中國南方門外咫尺之遙。

最近、正在澳洲訪問的美國駐夏威夷太平洋空軍司令羅賓遜上將（Gen. Lori Robinson），竟然在三月八日公開宣稱，美國將派戰艦及戰機在南海諸島水域領空與領海自由航行。同時更呼籲和鼓動其他國家、在南海地區行使航行和飛越自由。這位美國女性最高級的將領，在坎培拉被記者問及「假如美軍飛機被中國擊落，美國將如何報復？」羅賓遜上將拒絕回答。

她還危言聳聽鼓動對垂涎南海諸島嶼的幾個傀儡小國、說若不前往該地區水域行駛所謂自由權利，將會「失去整個區域」？這期間、美國經已派出了「斯坦尼斯」號航空母艦、「莫比灣」號和「安提坦」號巡洋艦，「史托克代爾」號和「鐘雲」號驅逐艦以及第七艦隊旗艦「藍領」號等，組成的航空母艦戰鬥群，在三月一日穿越呂宋海峽，到達南海國際水域的東半部活動。

美國的海空力量經已「兵臨」中國門前了，同時、那位空軍司令上將婆娘、更居心叵測的大力鼓動幾個不自量力的小傀儡們去挑釁中國？這位女將軍承認南海地區加劇軍事化，「有可能發生誤判」，導致衝突發生。

中國外交部長王毅先生在三月八日針對「航行自由」表態、「航行自由並不等於橫行自由，如果有人想把南海攪渾、把亞洲攪渾，中國是不會答應……」

回應雖然擲地有聲，可稱可讚；但面對的是超級強國，美國執政當局才不會把王毅部長的話當回事？當今中國崛起，國家富裕，錢多得如流水，應該傾全力加緊加快擴充軍備，發展海空軍的戰鬥實力。

國與國之間，和人與人之間發生矛盾，除了法律解決問題外，還有的是看誰的拳頭大？誰的力量強？向來都是大者強者說了算。美國佬就是要到中國南方門前「橫行自由」？目的要看看你中國其奈我何？

中國崛起是值得慶幸之事，但在軍備與科技和強大的超級美國較量對比，目前還不是敵手。這並非長他人志氣而滅自己威風，那是千真萬確的事實。南海戰雲經已密佈，隨時會發生意外事件；但若果那些小傀儡膽敢派軍艦或戰機越雷池半步，中國在西沙、南沙等諸島上的駐軍、在發聲警告後仍然不徹離，應該即刻發射地對空導彈，先下手為強。保護國家神聖的領空領海是理所當然，結果如何，且看下回分解了。

同時、應該加強中、蘇結盟；應對以美國為首的西方國家逐漸形成的「新八國聯軍」。彼此力量均衡時，就較不會發生戰爭；如雙方軍備懸殊，較弱者必將被欺凌。南海戰雲已密佈了，祈望不要再重演當年八國聯軍入侵中國的悲劇。

二〇一六年三月十二日於墨爾本

## 南海風雲湧動

自從倭寇宣稱擁有釣魚台島嶼的主權後、散佈在南海廣泛水面的無數荒蕪群島，忽然間都變成了「奇貨可居」的寶藏；除了該地區的重要戰略地位外，主因尚有在該等島嶼水底下蘊藏了大量石油。

被稱為黑金的石油，代表著金錢，那一個國家擁有該等島嶼主權；便可投資開發，一旦開發後隨之而來的自然是財源滾滾啦！所謂「利之所在、趨之若鶩」，實在是千古名言喲！

為了利益的爭奪、無論人與人之間或者是國與國之間，都會發生磨擦、爭論、吵鬧、罵戰、提控，最後不得已的解決辦法必然是打架、舞刀動槍，發展到今天即變成了戰爭、依然是成王敗寇的輪迴。

本來南海諸島嶼爭端，爭奪的幾個相關國家和遠在美洲的美國，可說全無關係？但美國——這個世界超級強國，卻要硬出頭插上一腿？不惜將全國海軍的六〇％軍力，先後調到東南亞；最近已將第三艦隊的大小戰艦全移到了東亞，與其駐防於日本海域基地的美國第七艦隊互相配合。目的就是實施所謂：「亞太再平衡」的戰略計劃？

什麼叫做「亞太再平衡」呢？

戰略與國際研究中心的亞太海事透明倡議主任 Greg Polling 先生，於六月十四日表示：「美國第三艦隊軍艦移防東亞，是奧巴馬總統將六〇%的海軍力量部署到亞洲的一部分，以藉此對「中國的崛起」進行再平衡。

美國太平洋艦隊司令斯威夫特（Scott Swift）將軍說：「美國海軍太平洋艦隊擁有一四萬海軍、超過二百艘船隻、一千二百架飛機。其中第七艦隊包括了一個航母打擊群，八十艘其他戰船、一百四十架飛機。第三艦隊擁有一百艘戰艦、以及四艘航母。（資料引自星島日報二〇一六年六月十七日中國要聞M7版。）

從以上資料可看到美軍部署到東南亞的強大力量；美海軍總共在太平洋海域巡航或停留的航空母艦已多達六艘之多？美國的目的與意欲何在？上文引述那位Greg Polling先生的說話，聰明的讀者即已明白，山姆大叔就是不願意讓「中國崛起」？

去年十月敝人到加州探親、到過舊金山與洛杉磯這兩個大城市；逛市場或超市時，隨便拿起的任何民生用品，幾乎九成都是「Made in China」。中國外輸產品去美國供養幾億美國男女老少，賺到的錢都變成了美國「國債卷」，為數高達萬億美元。也就是說、當今美國佬舉國欠下中國的債務是超過萬億美元。

過去十餘年來、中國傾舉國之勞動力，白白供養著美國這隻惡虎餓狼；將他們養到白白胖胖，這群虎狼不但不感恩圖報，而是準備「恩將仇報」呢？

美國之所以要圍堵中國，並非因為中國像伊拉克擁有「核武」？而是恐懼中國崛起後，將來強硬的在國際貿易市場、不再用美元而改以人民幣結算。如此一來、美國多年來用以大量生產美元紙幣的印刷廠工人，就不必加班了？以濫發美元、從經濟貿易上、強行欺騙世界各國人民的這隻大老虎，將受到前所未有的巨大損失，心有不甘自然無事找事，惹事生非的目的也就是要讓中國屈服。

中國現代的國力，早非如晚清之積弱時期了；可是、面對美國這個超級軍事強國，尤其是中、美兩國海軍的對比，簡直是小巫見大巫。縱然中國急起直追，也非朝夕可期。一旦參與南海爭端的諸小國、受到幕後虎狼挑撥而挑釁中國時，無論中國出手與否，與美國對抗暫時都必處於下風。

中國唯有再與蘇聯這隻北極熊結盟，以兩大國之軍力始可抵禦美國；此外國防工業要加緊生產大量能擊沈航母的飛彈或導彈，如何破解美國航空母艦反飛彈反導彈的天網，該是中國軍事科研專家們當務之急了。

此外不惜威脅核戰與敵人同歸於盡，也將是談判桌上能令對方膽怯的方案。民間有句粗俗的說法：「迫狗入窮巷」？退無可退時、必然冒死反撲，那是動物本能。國與國之間，除非雙方強弱相差太懸殊，若在伯仲間或略有差距，一如中、美兩國，和平自然是雙贏，戰爭後果兩敗俱傷不在話下。

二〇一六年六月十九日於墨爾本無相齋

# 廢墟下的呻吟

四川省汶川縣在五月十二日午後突然發生七・九級大地震，震驚全球，震波所及讓周邊國家同時被震。連日來中外傳媒焦點經已從月初緬甸颱風巨災轉移到了中國。這幾天打開報紙，八版、十版地震專輯的圖文，看了驚心動魄。

不同版面的粗黑大題目打著災區已「夷為平地」、「瘡痍滿目」、「滿地童屍」、「悲痛欲絕」、「刨石救兒」以及「總理哭了」等等讓人難過的消息。

溫總理的眼淚又一次打動了世人的心，這位遇到災難時愛落淚的領導，不論是否作秀？此次能即時現身汶川災區擔任救災總指揮，是中共高官階層少數能給予世人正面形象者，值得大力為他喝采與鼓掌。

心情充滿了哀傷，也極度的無力感，原於血濃於水的天性，災地哀鴻遍野與堆積屍體的鏡頭，不禁使我無語問蒼天，天何不仁啊？要降下如此災難橫禍給善良的中國百姓？

四川大地震造成了幾萬人死亡、數萬人失蹤、傷者無數；災區建築盡塌，敗瓦頹垣，極之恐怖的畫面。多少存活者欲哭無淚，上演了多少家散人亡的悲劇？不久前全中國還狂熱的為即將到來的「京運」憧憬，為傳遞火炬歡呼；如今變成了舉國一片愁雲慘霧，老天啊，為什麼要如此玩弄呢？

海外華人及各國即時開展了無比愛心救災大行動，出錢出力；雪梨與墨爾本的總領館也立即開設了捐款專用銀行戶口公諸報端，並呼籲愛國僑胞們大力支持。香港善長們首日已捐出五億港元，特首更建議港府捐三億港元，表現「人飢己飢、人溺己溺」的大悲心，都該大書特書，給予肯定。

事有輕重緩急之分，大量金錢是災後重建之用，對災民目前困境，不是金錢，而是運往急需帳篷、醫療設備、清水與糧食。最重要的是傾全力全速搶救被困

廢墟下的生命，早一分鐘就多一個生命可以存活，真是分秒必爭的救命行動。

震區多為山地，加上天不作美，災後更是連日降雨，增加了救援的難度；想到那些天真的學童被壓在倒塌校舍建築物下，在廢墟中呻吟，生命還在呼吸，心中無比的難過與傷痛。人在萬里外，除了祝福還是祝福，希望他們渡過死亡難關。

網友發出責難，問為什麼會震倒那麼多學校和醫院？事後的追究有其必要，找出參與黑心豆腐碴工程的污吏，還給冤死者公道。

每有天災，必有人發國難財，對捐款捐贈物資的處理，都要慎重小心。建議「黨中央」即時設立收集捐獻中心，不論支票現金物質、統一處理；收支帳目必要分明公開，始能徵信於世界各國捐獻的國家、團體、單位及個人。

天災橫禍出現，人就完全無法自主了；那些平時出盡法寶宣揚有「無邊法力」的、有「神通」的、能保永生長命的種種宗教，不知那些「神蹟」為何不應驗了？難道四川人都沒有宗教信仰嗎？難道四川人都是無神論者嗎？地震、洪災發生，山崩地裂、海水滔天淹沒千里平原，剎時間地獄開門，屍橫遍野。上帝、菩薩和阿拉想必都午睡去了，祂們才聽不到凡人所求、所祈、所禱、所頌？

人類在狂怒的老天爺面前，再強大的國力，再英明的領導，再富裕的財產，都無半點作用。富

強如今天的中國，落後窮困的緬甸，天災降臨時，慘況結果一樣。所不同者，強國在善後、救濟、重建比後者快比後者好。

遙遠的時空隔離中，我彷彿聆聽到汶川、都江堰倒塌學校廢墟中那些可憐學生的呻吟、越來越弱的呼吸……心被緊緊的揪著、難過傷感，問天天不語，人啊，多麼脆弱呢！

對無數死難者，希望全中國能降半旗致哀、中國駐全世界的使領館門外、同時下半旗，以示對國難的哀痛。海外華社在這段時期舉辦聚會前，都應起立默哀追悼地震亡魂。

在脆弱的生命前，讓我們堅強的意志和慈悲心，與災民共度難關，齊心協助與祝願廣大災民們早日重建家園。

二〇〇八年五月十五日

# 回歸樸素生活

澳洲的母親河梅里達令河有全國糧倉之稱，可是由於氣候變化，雨量減少，河水日漸缺乏，估計再過二十年水源將消失四〇%，對於各種糧食、水果、蔬菜、乳製品、穀物、水稻的價格將飆升，民生被衝擊、不在話下。

更由於乾旱，日常用水也大受影響，水費逐年增加是必然趨勢，而且還要加強限制水的浪費，人們再不能洗車、澆花；甚至要單雙日禁水，引起生活不便。

禍不單行的事是，油價高漲之勢未停，專家預測十年內，汽油將漲價到每公升八澳元？如今只是一元六角左右，人們經已叫苦連天；八元的油價將是現在的五倍。也就是說今天為汽車加四十公升汽油要付出六十四元；將來同樣的四十公升汽油就要付三百二十元了。

那時只要不用汽車不就行了嗎？非也、油價衝擊是全面性，因為所有民生必需品的運輸非用燃油不可，羊毛出在羊身上，物價定然全面高漲。除了少數富人外，社會大眾都將入不敷出。

通貨膨脹形成了一個鏈條，工資追不上物價，而且差距會越來越多，人民荷包縮水，民生極度困苦而引起社會動亂，素有幸福國家之稱的澳洲，將失去這美譽的光環。

當今六十歲以下的男女，未來的日子都將受到以上種種不利因素所累，生活被高通漲牽著走，苦況堪憂。越年青所受的苦難將越多，下一代人類面臨的難題也多不勝數。

以上遠憂並非危言聳聽，隨著時日很快都將一一來臨。近在眼前的中東危機，一旦伊朗繼續刺激美國和以色列，烽煙必起，汽油價格高漲也為期不遠了。

杞人憂天嗎？非也，苦難時代經已迫在眉睫了，人類如何自處呢？應變之道不能全靠政府的方案，看看專家早年聲嘶力竭的呼籲「環保」，有多少人真正明白和切身力行？政府能力有限，全民面對齊心合力始可渡過危機。

回想早期人類生活，還沒有發明汽車的時代，日子還不是天天的過下去？

其實歐洲人民的高素質，使他們早已正視環保對後代子孫的重要性，因而老實響應。十多年前，當我在瑞士大城小鎮觀光，市中心廣場，停滿的都是腳踏車而非汽車。他們出門，短程的路均以腳踏車代步，這就是環保，並非他們沒有汽車或買不起汽油。

現代人的高消費生活，無時無日的在破壞環境，汽車及工廠大量的廢氣污染天空，氣溫失常變化，亦都是人類不懂愛惜地球所引起。

用環保布袋購物，替代膠袋已是急不容緩之事了；盡量不購買塑膠樽裝飲料，可減少塑膠廢料危害土地。能步行到達的地方，如去附近商場、圖書館、銀行，堅持不以車代步。

到遠地方，有公車服務，應放棄駕駛汽車改乘公車；在公車上可閱讀、聆音樂、閉目養神，勝過花精神駕駛。

重新學習節約能源，盡量不開冷氣；離開房間、客廳、浴室時記得關燈。電視機、電腦、音響的電源不用時都應關閉，人人都節約，省下的將是為數極多的能源，減少污染。

勿要隨便扔掉東西，壞的交到回收處；再生物質循環應用，對降低地球暖化有所助益。開源節流，生活回歸樸素，勿浪費任何東西，包括水、電和煤氣。

古人愛物惜物，那是美德，這種美德包含了對地球的愛護。物極必反，地球被人類過度的糟蹋，終於發怒了；用無形殺手諸如地震、颱風、高溫、乾旱間接懲罰我們，無辜受累的是同在地球上生存的其他動植物。

人啊人，醒醒吧！再遲就來不及了；不為本身，也該為下一代的生存作點貢獻。環保、節約、過簡單生活，勿浪費一切資源，身體力行，也就是行善啊。

唯有人人行善，善待地球，發怒的地球才會回復其溫柔的本來面目，我們的子孫們始能幸福的生存下去。

油價八元一公升的時候，我們除了節衣縮食外，更重要的就是學會面對和忍耐。只要想想古人沒有汽車、沒有電腦、沒有冷暖氣機、沒有電流供應，不也生活得很舒適嗎？

到時、學習樸素平淡的過生活，日子也照樣的會苦樂參半啊！

二〇〇八年七月十七日

# 閒談電子郵件

隨著互聯網普及、現代人只要不是生活在落後地方的文盲、或者對新科技懷著恐懼心理的高齡人士，鮮有不上網者。古早因為交通不便、又還沒有發明電話；分離兩地的親朋都要靠書函通訊，魚雁往返少是三、五月，多則一年半載，才會興嘆：家書抵萬金！

如今只要拿起電話、或打開電腦的視頻，相距再遠的親友不但可以傾談，且能在螢光幕中相見，因而形成了地球村。這類新產品是前人無法想像的「神通」啊！

除了電話或電腦視頻外，最方便而且最廣泛應用的要算電子郵件了（Email）。

現代人每天早晚空閑時、或乘巴士、在火車上、候機室、甚至茶樓餐廳，幾乎都專心在注視著手提電腦、手機、平版電腦（iPad），更可怕的是行人道匆匆趕路者，仍然低頭看手機，因而各地此類低頭族已有不幸者被車撞傷或喪命。

甚至在餐館飲宴、或當汽車停在交通燈前，也有人迫不及待的查看手機或手指飛快按鍵。在中國當某大企業董事長的親人來澳時相告，他主持業務會議時，有幾次悄悄離開主席位、行到那些高級職員身後，出奇不意搶過他們手機，並警告今後若辦公時間或開會時看手機回短訊者，一律開除。

總難明白這類低頭族，為何那麼心急？若是墮入情網的年青男女，還能理解；如是一般通訊、不論電子郵件或短訊，不是十萬火急等著救命的內容，稍為延遲幾小時或翌日再回覆有何不可呢？

回到主題、電子郵件可以單獨回覆對方一人，也可以將內容和多人分享，那就是「群發」，相信大家每天打開電腦，查看信箱時，都會發現無數傳到的郵件，其中泰半是群發含有圖文附件的分享性質電郵。

給友好們分享的圖文，傳出者理應先欣賞，認為合適公開或有分享價值時再轉達；那是基本原則與禮貌。最不該的是：那些過於熱心或過於熱情或不懂禮節的人，自己沒時間先查看、便不管三七二十一的趕著轉傳了。

如此不但讓收電子郵件的親友們困擾，也造成對方電腦太多垃圾郵件；更荒謬的是老朽偶然會接到「冒失鬼」、傳來色情裸照或淫穢內容的電郵。幸而所有我接到而再轉發給親友們分享的電郵附件，都是先欣賞再按友好們的喜好群發。

諸如關心兩岸政治及世界時事者，有類似內容自會轉去；對政治冷感者，就只轉去其它類別的圖文，如此可免收件者生氣或生厭。當然、是得多花點時間與心思。

單獨給特定的某位親友時，不論是回電子郵件或者去函，應將對方電郵地址放在電郵回函最上方的「To：」欄，即收件人之處。若給兩位或兩位以上，並確知這些收郵件者彼此間都是親友，可以全部將他們的郵址放在收件人欄，也可按照收件人是特定要回函的對方，那麼這人的郵址就該放在收件人欄，餘者放在「CC」欄，即副本。

最下方一欄就是Bcc、便是「秘密收件」，所有群發分享的電子郵件，禮貌上都該將對方郵址放在這一欄上。不論群發親人是幾位到幾十位，這班人彼此間未必都認識，為親友保私隱是理所當然之事。

再者、是為親友嚴防他們的電郵址，一旦公開，往往會成為駭客們或推銷員的目標。後者頂多是莫明其妙在郵箱中出現了不少垃圾郵件、銷售電郵。前者就會讓親友的電腦不知那天被駭客破壞了。

這些年來、每天都會收到群發分享郵件，也偶然有網友或親友在群發郵件時，將大家的電郵址放在「收件人」。等於公開了全部收件人的電子郵址，每發現這類不尊重對方私隱的群發郵件，老朽都要花點時間，好言婉轉提醒這位朋友或網友，並指明那處是「秘密收件」欄。

大部份親友或網友當接到老朽如此「苦口婆心」的電郵，明理者莫不回函致謝，也從此改正，當群發郵件時再不會犯錯，終於懂得為親友們保私隱了。

所謂一樣米養百類人，也遇到不講理且自以為是的無知者，不但不謙恭自省，不但不感恩存好心指正者，反而大發雌威，以為是冒犯了她的尊嚴？這位居住紐約充滿愛心養了幾隻大狗小狗的網友、其實是友好轉介，而成為在網中互相轉寄分享圖文的神交者。這位老姐群發給親友網友的一大堆電郵址，都是全部公開在「收件人」欄中；經老朽婉言相勸，非但不改正且我行我素，唯有將其電郵址刪除，斷絕再收其郵件，以免早晚被駭客投毒？

有緣成為親友或網友，理應彼此關心愛護才對，明知因自己的無知將親友們網友們的電郵私隱暴露，要檢討更正而非我行我素自以為是？再堅持愚昧做法終必令其親友網友受到駭客之侵害，如此豈能安心哉？損人而不利己，真不明白為何要堅持犯此等錯誤呢？

二〇一五年七月十二日仲冬於墨爾本

# 眾生平等顯大愛：中醫藥界應棄用殘忍配方

傳統中藥歷史悠久，沿習至今數千年，在歲月奔騰裡、代代相傳；直至今天，中醫藥配方中仍有用不少動物如熊膽、鹿茸、蛇膽、驢皮（阿膠）等等。由於有藥用價值，於是間接成為這些動物的殺手，非但與時代脫節，也極為殘忍。

單說熊、因其膽而受盡「非熊生活」，網友傳來一輯有關熊被取膽的相片。據環保組織調查，在大陸及東南亞部份地區，為數約二萬隻熊終生被困在鐵籠內，讓養熊工人每天搾取膽汁。

相片顯示大小熊都在個別鐵籠內，比犯了死刑的囚徒更可悲；在僅可容身的小籠中，從生到死，無法自由活動。吃睡拉坐都困於籠內，不能躺臥更沒有足夠空間站立。最慘的還是定期要被籠外之人強行抽取膽汁，看了真是感到恐怖凶殘。

君子愛財取之有道，什麼錢不能賺，偏偏要以「作孽」去殘害這些沒有反抗力的動物。當然、供求定律作怪，只要沒有中醫處方，沒有藥廠製造這類成藥，自然虐熊取膽汁的殘酷行業就會消失。

所謂「醫者父母心」，亦即是慈悲心；大愛不但沒國界，不單及於人也及於所有動物。古代中醫師沒有世界觀，不明「眾生平等」的理念，才會代代沿用不合時宜的配方。

洋人環保及愛護動物團體，知道了東方國度竟有如斯大規模虐畜行業，大驚外即積極展開解救這些活在悲慘鐵籠內的黑熊。欣聞澳大利亞政府已立法嚴禁經營買賣熊膽，違者被罰款外更要受囹圍之災；將之提升為刑事案，不可謂不重。也證明澳洲立法機構的愛心洋溢，值得敬禮。

恰恰相反的是，中國竟有一家經營熊膽的藥公司，正準備上市？消息傳出，大陸有愛心的網友嘩然、反對聲討之聲不絕於耳。中國政府應當順應民情，不能批准此等虐待動物公司上市外，更要關閉及取締其經營，始不會自外於地球文明。

從「熊」因其「膽」而命運悲慘，連想到「鯊魚」因其「鰭」而喪身的浩劫。

華人的飲食習慣，直接衝擊著海洋的生態系統；因為愛享用魚翅而至令每年全球有七千餘萬條鯊魚被殺。大部份鯊魚都是被捕上船後、即割掉鰭，血淋的將未死的鯊魚扔回大海，任其失血痛苦而死。

因此、食魚翅的人，間接在「作孽」；更嚴重的是經已有九〇％各類鯊魚品種滅絕了。那將危害到海洋的食物鏈，對海洋環境造成無法補救的傷害。

昨天、澳洲星島日報國際新聞版，刊出題為「美華裔議員立法禁魚翅」的消息。讀後萬分歡喜，更深感意外。想不到的是這條「禁魚翅」立法，竟然是由舊金山的華裔眾議員方文忠先生提出，我華裔絕非人人都無知與殘忍啊。只要有大愛之心、不分種族不分國籍的人，必將擁有一顆「眾生平等」的菩薩心腸呢！

這位代表加州矽谷的民主黨州眾議員方文忠先生，與代表聖拉斐的州眾議員赫曼夫（Jared Huffman）聯合提出禁止在加州持有、銷售和分發魚翅，在眾議院全票通過。夏威夷去年五月是最先立法禁銷售魚翅的州。接著的華盛頓州與俄勒岡州也在考慮相同立法。希望不久的將來，全美國各州都能有這條法律。

有了借鏡、盼望澳大利亞與紐西蘭、加拿大等擁有較多亞裔移民的國家，也要立法嚴禁買賣魚翅。擴大宣傳及教育，讓各地亞裔明白，不再食用魚翅。沒有銷費的市場，鯊魚品種才不會在海洋中絕滅。

愛心是慈悲，大愛無疆界，要存好心、說好話、做好事的人，從今起就再不食魚翅，等於拒絕作孽啊。

有醫德的醫生、是活菩薩，不要再開出「熊膽」等危害動物的配方；同時、更應教育無知或被誤道的求診者。中藥藥廠要研製合理合情的治病藥物，拋棄一些危害動物的所謂古方、秘方，讓中醫藥與日共進發揚光大。

二〇一一年三月廿五日於無相齋

# 南海仲裁存陰謀

這些日子有關南海仲裁事件，幾乎是海內外華人最為關心的問題，鬧得沸沸騰騰後終於塵埃落定，彷彿是海牙法庭大公無私的一槌定音？以美國為首的虎狼們及其傀儡莫不額手稱慶，以為大獲全勝了？

沒有想到的事是、中國即時發表聲明，說那不過是一張廢紙；根本沒有任何約束的法律規範。緊根美國尾巴走的澳洲外交部長庇雪女士（Julie Bishop）不甘寂莫的居然發聲：「敦促中國尊重海牙法庭裁決」。真個是如假包換的美國馬前卒喲！

好戲竟然接二連三演出，我們的女外長萬萬沒想到她的強出頭，換回來是被中國外交部發言人陸慷先生、狠狠回敬了一句：「殷鑑不遠」，想必庇雪外長要找精通華文的學者翻譯這句出自詩經的成語了？

接著的是被一個名為：「帝汶海公正運動」（Timor Sea Justice Campaign）的發言人克拉克先生（Tom Clarke）狠狠痛批，說庇雪忘了「澳洲拒絕接受海權仲裁，單方開採爭議海域油田而獲利極豐。」？他要求我國政府對南海糾紛發聲前，自己先要與東帝汶在談判桌上解決問題。批評庇雪外長是「雙重標準、欺凌小國」。

整個事件緣起於美國決定要「重返亞洲」；以達到所謂「戰略再平衡」政策？其陰謀是壓制

「中國崛起」，所謂一山豈容二虎？地球霸主唯我美利堅獨尊，那能讓「支那豬」冒出頭來呢？奧巴馬總統先讓當年美國國務卿的希拉莉、克林頓女士周遊列國，足跡遍及歐、美、亞、非幾大洲，對各國領導人誘之以利、動之以情、惑之以脅。

再來是大張旗鼓派遣多艘航空母艦、耀武揚威的開到遠東海域巡邏，美其名若配合與韓國盟友的「軍事演習」？（之前更在韓國佈署了攔截飛彈的大網，美其名是防範朝鮮，其真正目的何在？正是司馬昭之心路人皆見也。）無非是在試探那條甦醒的東方巨龍，西方列強領導們，自來都是希望遠東的那隻大睡獅永遠沉醉不醒才好，省得費神費心費力去應對？

我國除了那位愛出風頭的女外長顯露討好的無知發言外，尚有工黨國防事務發言人高雷先生，急不及待的在海牙審裁法庭判決後，即刻「敦促澳洲皇家海軍直接挑戰中國」。幸而我國還有前外長卜卡先生這樣冷靜的政治家，他即時警告：「如澳洲聯合美國派遣軍艦去到南海島嶼，將無異於當上美國打手。」（錄自七月十六日澳洲新報A4版）。

所謂海牙審裁法庭的判決、表面是菲律賓向這個法庭的提控，其實莫後導演的推手卻是日本與美國；鬼子興風作浪後，近日也要求對「東海」仲裁了？食髓知味的倭寇，滿以為如此一來，弄到中國陣腳大亂，並將美國這隻老虎引到南海亂吼，讓「支那豬」們沒好日子過。

強權就沒有公理，那些擁有強權的國家，一直將所謂正義公理掛在口上唱高調；滿口謊言騙盡其國民及世人，好像「真理」就是永遠站在這班「強權者」身邊似的？美國英國等西方強權，當年公然入侵伊拉克這個「無辜」的中東小國，完全是十三年前不識時務的薩達姆總統，聲明不要用「美元」作為交易石油的貨幣？將改用歐元計算。美國那班掌權大鱷們，豈能容忍，自然招至殺身之禍也。

美國欠下了中國萬億美元貿易債務，中國將它變成山姆大叔發行的國債券；算起來過去多年，美國幾億人的民生必需品，幾乎全從中國進口，等於中國人供養著山姆大叔。可惜的是、欠債者回報中國債主的卻是「以怨報德」了。

美國之所以大動肝火挑起南海事端，是因為中國有意抬高「人民幣」的地位，想要改用「人民幣」作為國際貿易結算貨幣。這就讓霸主大鱷們寢食難安，豈能不略施懲罰呢？

世事真是如棋局局新喲，美國佬千算萬計，卻絕沒有想到：聯合國正式向世界宣佈「海牙法庭與聯合國無關」，這個無非是一個小小地方法庭而已。中國與及全球華裔們日前得悉這則新聞，莫不彈冠相慶啊！

南海仲裁鬧劇、暗存著不為人知的「圍堵中國」大陰謀，自此不攻而破了。

當然、中美兩大國搏奕的戲碼尚沒有落幕呢……。

二〇一六年七月十八日於墨爾本

# 不戰而屈人之兵：全面抵制日貨

倭寇甘冒與中國重燃戰火的危險，明目張膽公開挑釁，更於二〇一二年九月十一日，自導自演一幕荒謬可笑的所謂「購買釣魚島」醜劇，此舉必將成為人類史上最醜陋無恥的劣行，貽笑後世遺臭萬年是必然之事。

第二次世界大戰戰敗國日本，萬幸獲得戰勝國中國的仁愛寬厚，「以德報怨」加之倭寇在中國八年犯下滔天大罪。賊性難改的「鬼子」們，非但不思圖報、更妄想強改教科書，厚顏無恥全面否定其罪惡。諸如不承認「南京大屠殺」？否認侵略過我神州國土等。日本歷屆執政者更經常到東京「靖國神社」參拜那班劊子手，此等居心在炎黃子孫們看來，實在是天人共憤可恨可恥的卑鄙惡行。

如今更「狐假虎威」，以為羽翼經已豐盛？仗著與美國簽訂的「美日安全條約」，再度展現其猙獰面目，妄想再度入侵中國神聖領土，竟然瘋狂到不顧國際法律，硬要強搶釣魚台島嶼？

更甚者、點燃與中國摩擦的火苗後，不管海峽兩岸政府與人民、及全球數千萬華人、華裔的強烈抗議；且厚顏無恥的在國會通過所謂「海洋保護法」？明令其海警今後「有權」拘捕在釣魚台附近海域之他國漁民及保釣抗議人士？此可忍孰不可忍也，全球華人怒不可遏、連日來對日宣戰之聲甚囂塵上。

兵者、凶器也；非萬不得已，國與國之間是不該輕啟戰火；各國執政者都明白，「民族主義」是雙刃劍，一旦掀起這種如森林野火點燃後的狂風怒火，將極難收拾燃燒後的慘劇。

因而、深明「孫子兵法」的國家領導人，智者賢者學者們，以及全國傳媒輿論，在與「倭寇」理論爭執時，應該發揮中國大軍事學家孫子先生的偉論，用其「戰無不勝」的偉大兵法對付「鬼子」。

那就是「不戰而屈人之兵」這上上之策！

中國若為保釣而派出海軍、空軍到釣魚台海域與日軍正面開戰，甚至向東京發射遠程飛彈，陸軍登上日本領土，以今天的中國軍事力量，都可輕而易舉做到。可是、這恰恰會中了狐狸背後那隻「老虎」的奸計，正好藉機發動入侵中國的軍事行動。當然、這一戰打下來，中、美、日必然三敗俱傷，甚至引起世界大戰，此仍「兵凶戰危」的下下之策。

被譏為散沙般不團結的中國人，從今天起，應該覺醒了，只要全球海內外中國人、華僑、華裔們，決心保家衛國，我們就絕不再購買任何日本貨、包括汽車、電器、醫藥、音響、攝影器材等等用品。自然也停止一切與日本的各種各類民間交流。當然、更不要前往日本觀光旅遊，絕不乘坐「日航」班機。

如此一來，最長一年時間，日本經濟必然全面崩潰；相信到時、倭寇極右份子在舉國人民抗議下，必然乖乖宣佈取消那場所謂購買「尖閣群島」醜劇。雙手奉還給中國，條件當然是要中國及全球華人取消全面抵制日貨。中、日再度友好相處，友好交往。

應用孫子兵法、這一戰略只要成功實施，不費一兵一卒，不花分文軍費，中國必將輕而易舉取得全面勝利。

最大問題是，國家如何教育人民？如何讓全國、全球中國人，華裔、華人發揮團結力量？身為知識份子的中國人，全球華文傳媒，各地華文報章編輯、報人、學者、老師、作家、教授、記者，理應全面配合，擴大宣傳，切要以身作則，從今天起，我們齊來「抵制日貨」，斷絕與日本一切交往。

海峽兩岸執政當局，更應聯手合作，限期日本公開宣佈取消「購島醜劇」；若不理會，只要期限一過，兩岸應立即與日本斷交，撤回外交官、使節團成員，並撤回全部留學生、商貿機構等。只有如此以經濟施壓，中國必然能「不戰而屈人之兵」，獲得最終勝利。

同時、我們不必為了宣泄怒氣，而經常舉行示威、抗議、遊行；尤其不應有暴行，諸如打罵在中國的日本遊客、留學生及外交人員。不要打砸無論是誰人擁有的日本汽車、日人商店或仍在經營的日本餐館。

只要全球炎黃子孫，兩岸四地及海外所有華人華裔，團結一致，即日起全面抵制日貨，我們終將在不久後取得全面勝利，釣魚島將永遠歸屬中國，應毋庸議。

二〇一二年九月十六日於墨爾本

# 末日論妖言惑眾

近年來由於世道混亂，人心徬徨不安；變得極易輕信一些荒謬的謠言，造出些笑話，成為茶餘飯後的評彈題材。

本來寧靜美好的地球，因為人類貪婪，在無窮物慾誘惑之下，大事破壞生態，進而傷害到了環境。自然災害接二連三，如澳洲洪水、日本地震、海嘯、美國龍捲風等，讓人對前途充滿了悲觀色彩。

某些別有用心的所謂「宗教家」或自封的「預言家」，往往乘虛而入。人們心靈脆弱時，最易胡亂抓住那怕只是一根稻草，也以為可以救命？於是乎大家奔走相告，以訛傳訛，真個唯恐天下不亂了。

月前、臺灣出了一個「王老師」，大膽預測、告知臺灣人民，五月十一日末日將至，說什麼臺灣一分為二，一〇一高樓斷為三截？唯有到南部避難，才可逃過大禍云云？一時間讓臺灣人心惶惶，輕信其言者，真的前往南部，祈望免去災殃。

這位據說是從「卜卦」而得知臺灣面臨瓦解的王騙子。（他聲明如不準確，大家今後就從王老師改稱他為王騙子。）在五月十一日後，由於妖言惑眾而被拘捕了。他千算萬算，自己深信靈驗的卦象，竟無法卜出有獄災？連個人吉凶也算不到的人，竟狂妄的要預言國家大事？

真不知這個人的頭腦是如何發燒了？若無其它見不得光的醜事，或者太過堅信占卜之術，也許出自一片好心也未可知？是耶非耶，有待臺灣警局調查了。

近日到舊金山探親，又聽到了一位退休的土木工程師康平（Harold Camping），搖身一變而成為佈道家，在屋倫（Oakland）建立了一個「家庭電臺」廣播網；這位年近九十的老先生「語不驚人死不休」的發出了「末日」將到的日期，言明五月廿一日就是「世界末日」？

一時間從紐約到舊金山都有無數信徒深信不疑？這些輕信者有的花巨資在紐約廣場買廣告警示世人，有的變賣家產等待「上帝審判日」？中、英文報紙及網站，自然大事報導，他老人家在電臺廣播的彩照也刊發在「世界日報」社區版版頭，剎那而成「名人」？

據說他是從聖經解讀到的這則「預言」？言之鑿鑿，彷彿天底下只有他讀懂聖經似的？怪就怪在居然有大批信徒對他的「預言」深信不疑？當然、廣播電臺的威力亦是鼓動人心的工具。非理智者，自然容易受到蠱惑。所謂「謠言止於智者」，但世間上智者畢竟不太多啊。

五月二十一日終於來臨了，可世界沒變，地球照常運轉；末日妖言不攻自破了。大惑不解的信眾，一臉迷茫；老佈道家的廣播電臺大門深鎖，他也不知躲到那兒去了呢？幸而這位妖言惑眾的所謂「佈道家」是在崇尚言論自由美國，縱有惑眾之嫌？也沒被拘捕。

世界各地先後出現的所謂「預言家」？不知他們的真正目的是什麼？為出名，為圖利，為救人？那真是只有天知地知他們自己知了。

唯一而最重要的事，是這些所謂先知們、預言家、占卜家、宗教家們所不知的是：「天機不可洩露」啊！世界末日、臺灣斷裂等都是「天機」，豈能隨便洩漏呢？明乎此、將來再聽到什麼驚天預言，我們不要去輕信了。讓大家都來做一位「智者」，而非人云亦云的盲從之人；更不要以訛傳訛，間接成了所謂「預言家」惑眾妖言的幫凶。

二〇一一年五月廿四日於舊金山旅次

# 子虛烏有的傳人

好些年前聽到歌星侯德建高唱「龍的傳人」這首歌，對明明是炎黃後裔的中國人，不明為何硬要沿襲不合時宜的封建傳說，將華夏子民的祖先變成根本就是「子虛烏有」的圖騰怪物？

地球上存在過的萬物，主宰過世界的是六、七千萬年前的恐龍；後來、恐龍也滅絕了。恐龍並非中國人所講的「龍」？若是同一物種，恐龍早於人類在地球出現前就已滅種，又如何傳下後裔而成為中國人呢？

封建皇朝，打到江山或搶到帝皇寶座者，為了千秋萬代擁有皇權，也為了讓其權位合法化，莫不假以神話化，或為斬蛇起義，或為夢龍有兆，說詞有別，卻無非要歸納為是「上天」指定的「真龍天子」？

於是、皇帝老子的朝服就叫「龍袍」、殿堂金椅是「龍座」、床是「龍床」、皇帝高興要稱「龍顏大悅」、欠安是「龍體有恙」；皇帝也就等同「真龍」也。

皇帝為了其統治權力，唯有以神話，用圖騰去愚民，在其淫威下，明知不對的聰明人，要明哲保身，只好三緘其口。加上歷代無行文人為求加官晉爵，對皇帝老爺的話捧若神明，豈敢更正或有異議？

於是以訛傳訛，代代相傳下來，最先是由無知先民口傳，漸漸在文字形成後，再記載入史冊，後經皇帝老爺擴大宣染，明明是子虛烏有的這隻怪「龍」從此成了中華民族的先祖，真是何其荒謬啊！

民族圖騰形成，是有其歷史前因，但作為圖騰，若後世子孫發現這圖騰是無中生有，根本沒存在過的生物，在實事求是的精神驅促下，是應該提出更改。何況、將龍當成中華民族的「祖宗」？好好的中華人種，成了怪物的後裔？而連怪物也不存在的東西，豈不可笑？

神話故事和事實是根本不能等同，在中國人的神話故事中，西遊記這部奇書，趣味性極強，如孫悟空、豬八戒、沙僧及海龍王等等人物化的角色。但我們都知道那不是真的，無非是作家筆下的生動靈現描寫。我們小時候都相信「海龍王」吐水天才下雨，童話讓孩子們充滿幻想無可厚非；一旦成長、我們都知道那是「虛構故事」，不能當真。

可幾千年來中國人卻獨對明明不存在的「龍」，始終不敢直視面對，還要代代訛傳，歌之頌之，將一條被封建皇朝作為其權力權柄來源的虛假怪物，視如珍寶，當成「老祖宗」？

閱報得知上海外國語大學黨委書記、上海市公共關係學會副長吳友富教授領銜，重新建構和向世界展示中國國家形象品牌的研究，認為「龍」不符合中國形象，對英語世界人民來說，龍字Dragon是一種充滿霸氣和攻擊物的龐然怪物。敢提出變更中國標誌，有意「廢龍」之說，確是真知灼見，壯哉斯言！

沒想到消息傳出，卻被九成中國網民大力反對，也有無數專家學者起哄，大抛書包，引經據典，群起而攻？

從來、有勇氣改革者，都不會順利成事；俗世總會有股反對力量與之抗衡。這些反對者，都是因循及思想保守或僵化，自以為約定成俗的事不該亂改？完全無視於這些不合理的事或物是對或錯？這類人明明大錯特錯，卻還要強說詞呢。

有智慧有文化的中華民族，難道要永遠將這隻巨大無比、有鬚有鱗有腳有爪有角的大爬蟲的虛假圖騰怪物，當成是祖先嗎？假如一直高唱我們是「龍的傳人」？對於這隻從沒有在地球存在過的「假龍」，硬要作為這種「假龍」的傳人，也就等同中國人是「子虛烏有的傳人」了？

這種絕不合邏輯的「子虛烏有的傳人」，還敢振振有詞的抗辯，豈非大笑話？

中國人是到了重新思考更改國家標誌、變動民族圖騰和形象的時候了，深思吧，偉大的中國人。

二〇〇六年十二月七日

# 同鄉會功能何在？

十月一日的星島日報首版，是祝賀中國六十週年國慶的全版廣告，幾十個團體及商號聯名，洋洋大觀氣派非凡。一時好奇心起，就細看那大堆名單，幾近半數的社團竟都是同鄉會，計算後有廿七個之多。

更令我驚訝的是，其中十個居然全屬福建省；有以省為單位，也有縮小到縣級如南安、安溪等；對我的同鄉們那股服務熱情，實在感動。

那些百年老會諸如四邑、南番順、岡州、洪門等社團，能屹立百年時光，自有其存在功能，及受到會員愛護支持，始能接受時間考驗。這些團體自然不在本文論述內，有先聲明的必要。

華人群體在澳大利亞國境內，是眾多少數民族之一；吾族有識之士不斷大聲疾呼我們要團結，才有力量。若仍如散沙般各自為政，無論如何是對整個族群長遠利益有損。

可惜、言者與聽者各行其道；吾族可能受到這句話影響：「寧為雞口不作牛後」？因而、人人想當領導，芝麻綠豆大小的「會」就如原子分化衍生而出了。

反正、自由國度，尤其是提倡多元文化的澳大利亞，唯恐移民生活太單調徬徨，定下只要有五人便可立會結社也。

哈！如此德政正中咱老鄉下懷也，有了「省籍」的同鄉會，再來分南北，諸如閩南、閩北，反正鄉音有別嘛？閩南還是太大，再找同「縣」鄉親自家玩吧。如此一來，才會在一版祝賀廣告中出現了十個屬於與「福建」省籍相關的同鄉會。

有先知先覺者，認為同類團體太多；於是登高一呼，又來搞個「聯合會」，呀！一個會的會長嘛，那能和十個八個「聯合會」的秘書長比呢？有者當了「秘書長」還不過癮，忽發奇想，又自我膨脹升為「總秘書長」。如此一來，就比聯合國秘書長潘基文老鄉（潘基文的祖籍是閩南泉州人也。）更大啦。

回到題目原意，究竟同鄉會有何功能呢？立會時，莫不冠冕堂皇，為老鄉服務的口號喊得比天高。查實小者無非可在名片上掛個「會長」銜，過把「雞長鴨長」癮；大者就可用作「身價」或「身份」的象徵了。起碼中國駐澳洲的使、領館舉行宴會時、就能被邀請參加了；長袖善舞者，更可被邀回大陸「光宗耀祖」呢？

為同鄉們服務，初始無非辦些聚餐或郊遊活動，成為飲食會或大食會而已；好處是做了繁榮社會經濟的貢獻吧？多搞餐會、餐飲業就生意興隆；多印名片，印刷公司業務也必增加；多辦旅遊，公交運輸業、旅行社、酒店業、餐飲業、保險業等等都有進帳也。

華人社團多如過江鯽，對州政府團體注冊局也有好處，每會每年總要交上幾十元的費用。對報紙紅、白廣告也大有好處，算起來竟然好處多多呢！那麼、同鄉會多有啥不好？對澳洲各級政府當權者說，真是好得很啊！

這個華人少數民族越分散，越分裂；力量相對就越小、越容易管治；墨爾本雖說有個包括了三十餘個社團組成的「華聯會」，唉！三十餘個比之兩百餘個還差得遠呢？何況、會社的衍生正如原子分化，幾乎每週都有新的團體「隆重」創會。

你有你的「聯合會」，咱也有自家人組成的「聯合會」啊？為何要聽你的？君不見在墨爾本、連那些七老八十的白頭公公們不也搞了個「老人聯合會」嗎？印支華裔精英們更遙遙領先，早已組成了兩個世界性的「越柬寮」與「越棉寮」聯合會；其中「越棉寮聯合會」還出了一個比聯合國「潘基文秘書長」更高更大更長生不死的「永遠最高總秘書長」呢？

行文至此、想起當年在南越就讀的「福建中學」，後來改名為「福德中學」；十餘年來已先後在紐約、多倫多、舊金山及雪梨成立了「福中校友會」。住在多倫多的駱青峰老師，熱心奔走，八、九年前多次來電給我，希望由我在墨爾本創立「校友會」。與張耀民、陳作餘及馬光三位學兄討論後，我們拒絕了駱老師的美意。不想再弄一個「飲食會」，讓校友們增加膽固醇和痴肥。

同鄉們熱心籌組各省各縣各鄉各邑的同鄉會，同學們熱心的創辦大、中、小學校友會；老人們不甘寂寞搞多幾個「老人會」再來是升級為「聯合會」；不久的將來，可以預見的是會成立「趙、錢、孫、李」等萬家姓的宗親會。華人社區真個「繁榮昌盛」啊！一盤細沙果真是名不虛傳呢！

只是、苦了中國駐外使、領館的老爺老奶們；一任下來，莫不血糖、血壓和膽固醇一齊高升。但好處是為使、領館大大節省下了每晚的伙食費用啊。

二〇〇九年十月四日

# 標新立異的職守

無意中讀到一則美國僑社新聞，通報要舉行大會，有意參加者、請向該聯合會的「總秘書長」查詢。讓我好奇的是這位企名者的職守名銜：「總秘書長」這個新名詞？

與「總」字有關的名詞、涉及職守的銜頭有：總統、總理、總裁、總長、總督、總務、總監、總管、總司令、總編輯、總主筆、總經理、總領事、總指揮等十四類。卻沒有看過、見過、讀過、聽過這個連字典也查不到的新名詞「總秘書長？」

散居全球各地的海外華人、華裔多達四千五百萬眾，成立各式各類團體，將近三萬個；有些社團對社會、族群起到了服務的實際作用；也有些玩社團者，是出於沽名釣譽，或在爭取到其不為人知的利益。

在眾多冠冕堂皇的各類職守中，標新立異者對職銜的專用名詞，一知半解外、為了表示其高高在上的位置，不加深思的就創新了一個名詞。比如多年前見過在美國的「最高永遠名譽總秘書長某某」，由於又長又臭，像極了金庸筆下那位無恥之極的「丁春秋」老妖怪。

竟沒注意到這位領導印支三邦華社、從支持臺灣轉而投靠有奶的「祖國」李某某，才是創新職守的始作俑者。而此次讀到的這位沿用「總秘書長」職銜者，無非是不明白這個新名詞的荒謬處，飄飄然的繼承了該團體定下的職守。

本來創新是一切藝術的最高追求，可惜社團並非藝術而是組織，是機構是單位是團體。不能為了超越，便狂妄自大的隨便加上一個「總」字，就想當然的以為高高在上了？

一個小小社團，若是聯合性質的，同時有十個八個團體支持，這個所謂聯合會，設立秘書處時，最高職守便是「秘書長」。有「秘書長」職位的團體，旗下自然是還有多位秘書；各不同單位的秘書，是由「秘書長」管轄。因而、這類跨越地方的團體，最高領導人不能用「會長」或「主席」，尤其是屬於團體會員制的聯合會，各個屬下團體經已有會長或主席，豈能再來一個會長？所以就只能用「秘書長」作為該聯合團體的首長。

設立在紐約的聯合國，最高職守就是「秘書長」，聯合國是世界各國參與的組織，與民間的聯合會同理，聯合國是不能設立總統或總理職守。

世界上最高的聯合國，其首長是秘書長；民間的一個芝麻綠豆小的社團聯合會，竟然荒謬的要在其「秘書長」職銜上、再加上「總」字，成了惹笑的「總秘書長？」，真是不倫不類啊。

該位印支華社的「丁春秋」總秘書長，以為自己絕頂聰明，在退位後更上層樓的在其原有職銜上，加上「最高永遠名譽」這些怪銜？其實、識者只要見到「名譽秘書長」這個名譽銜，便知此人離職前是該聯合會最高領導了。又何必多此一舉的硬加上「最高永遠」呢？秘書長經已是一個聯合社團最高的職守了，聯合國統管國際事務的全球最大織組、其最高職守無非就是「秘書長」啊。

「永遠」更是離奇無比，除了「宇宙」永存外，世間有什麼是「永遠」的呢？何況是人，人是肉身而成，總會灰飛煙滅，何來「永遠」？除非變成了長生不死的「老妖怪」，果如是、「永遠」得來也全無意義啊！

玩社團而走火入魔，自我膨脹後，抓權貪錢，繼而愛慕虛名；退位後仍不甘寂寞，妄想「永遠高高在上？」這類人終究成為吾族茶餘飯後的笑話對象。

寄語那些好名好利而又標榜為人群服務者，在玩社團的過程，小心勿要隨意亂封職銜，以免貽笑天下。正如「總秘書長」這個怪名詞，也如「最高永遠名譽總秘書長某某」，變成世界華族社團史的長久笑柄。

「流芳」與「遺臭」端看其個人修養、品德；杇腹從公者，真心真意為人群獻身服務者，不必冠上任何好聽的職銜，也必讓族人永誌不忘。反之、再美麗再誘惑的職銜，輕者如過眼煙雲，被人淡忘，重者則遺臭百年，讓人笑話。

二〇一三年五月廿二日

# 反對禁魚翅提案？

二〇一一年三月底、代表加州矽谷的民主黨華裔州眾議員方文忠先生，與代表聖拉斐的州眾議員赫曼夫（Jared Huffman）聯合提出禁止在加州持有、銷售和分發魚翅，在眾議院全票通過。夏威夷去年五月是最先立法禁銷售魚翅的州。接著的華盛頓州與俄勒岡州也在考慮相同立法。

消息傳出，舉世環保人士及慈悲為懷的宗教團體，莫不額手稱慶。因為亞裔不良飲食習慣，直接衝擊著海洋的生態系統；食魚翅而至今每年全球有七千餘萬條鯊魚被殺。大部份鯊魚都是被捕上船後、即割掉鰭，血淋淋的將未死的鯊魚扔回大海，任其失血痛苦而死。

日本東部專門殘殺撈捕鯊魚的村鎮，在三月十一日九級大地震後再遭受海嘯狂襲，全鎮萬餘人口幾乎都喪生或失蹤。東京都知事石源慎太朗將此災禍說是「天譴」，實在是一針見血的真知灼見啊，難怪這位極右份子近日再當選東京市長職。

由於大量享用含有極多水銀、並無營養價值的魚翅，已讓九〇％各類鯊魚品種滅絕了。那將危害到海洋的食物鏈，對海洋環境造成無法補救的傷害。

沒想到近日加州部份華社竟發起「反對 AB376 禁魚翅提案」？標榜什麼「爭的不是魚翅、是美國華人最基本尊嚴」。真令我百思難明了，食魚翅者是所有富裕亞裔族民，殘忍捕殺大群鯊魚的是日本人；為何其他亞裔人士沒有出來抗議？

這個禁令自然會影響到經營、買賣魚翅行業者的利益。這些表示要抗爭此禁令的社區領袖，莫非都因「魚翅」禁令而無利可圖？不然、緣何硬要將合理合情而又環保及文明的「禁魚翅提案」強說成「有損華人尊嚴」？

報導說這些去州議會示威反對禁魚翅的華族、理由是禁魚翅等同「摧毀華裔傳統飲食文化，扼殺蓬勃發展的華人社區經濟，醜化華人形象……」？

讀後真令我這位遠在萬里外的華裔為他們汗顏啊！「中華傳統飲食文化」難道真的非食魚翅嗎？要保持文化中的優質而去其渣滓才是弘揚文化呵。試問中華飲食文化中最高檔的「滿漢全席」，其中幾道極其恐怖殘忍的菜餚，如「猴腦」、「鵝掌」等，還能「弘揚」嗎？如果答案是否定的話，那麼「禁魚翅」就非「摧毀中華傳統文化」了。

禁魚翅甚至禁燕窩、禁熊膽等文明法案，與摧毀華裔傳統飲食文化根本無關；因為那是不合時代的「飲食文化渣滓」，實應去之而後快呢！

澳洲政府已頒發禁止一切與熊膽有關的買賣法案，違反者不但罰款還要入獄，早將禁熊膽這類與中醫藥行業有關法案，定為刑事案。不可謂不嚴重，可澳洲全體華裔以及中醫藥行業人士，並無示威反對啊！因為我們都是明事理的族裔，不能因為涉及「傳統文化」、個人利益或面子問題，胡亂抗爭。

另一個理由簡直是笑話，難道不買賣、不食用魚翅，在西方定居的華人經濟就會因此被「扼殺」嗎？試問早年我華族在美國經營的洗衣服業務、鴉片煙館、秘密賭檔等被淘汰後，「華人社區經濟」有被扼殺嗎？

食用魚翅是亞裔富有階級人士顯耀的一種淺薄心態，並非是華人獨有；何來「醜化華人形眾」呢？假如定居海外的華裔們，不懂得「入鄉隨俗」這句千古名言；我行我素，繼續自以為是，無視現代人類文明規範，不用外人來醜化，而是自毀形象啊。

退一萬步來說，假設真的沒有魚翅食用，我們就難保存所謂「傳統飲食文化」？請問諸君知否海洋中的鯊魚群，如今只餘百分之十而已。以每年捕殺七千餘萬條的數量，沒多久後鯊魚也就滅絕啦！到時同樣沒有魚翅可上餐桌，傳統飲食文化不也是難保嗎？

要入鄉而不肯隨俗，肯定會被人歧視；不但不融入主流社會生活，還強將自己不合文明的行為帶到新鄉「延續」或「發揚」？這種族裔那會受歡迎呢？寄語美國加州華裔社區那少數「反對AB376禁鯊魚提案」的人，應該反躬自省、理性對待居留國家符合情理與文明的法令。

慈悲為懷、眾生平等，將愛心推已及物，共同挽救即將瀕臨滅絕的鯊魚；可為子孫後代留下海洋中生物，我們都要造福而千萬別造孽啊！

最後、遙向加州矽谷的民主黨華裔州眾議員方文忠先生提出「禁鯊魚提案」致以萬分敬意！

二〇一一年四月三十日

# 拒食魚翅顯慈悲

新年伊始、首先祝願讀者們萬事如意、家庭幸福、平安吉祥、慈悲快樂！

剛落幕的二〇一一年，每人都有不同的回顧；對全球華社影響深遠的的一件事關環保及愛心的「禁翅法案」，真是「一石激起千層浪」，在美、加、香港及大陸擴散著漣漪。

先有美國加州華裔眾議員方文忠先生，提出「禁售魚翅」法案，經加州議會表決通過，成為全美國明令禁止出售魚翅的第四個州府。喜訊傳出，讓環保團體、宗教家們歡呼喝采。

緊接著是加拿大皮克靈市（Pickering）於二〇一一年十一月廿一日，投票通過禁魚翅法案；一年後該市禁止出售、買賣、擁有和食用魚翅。這是加拿大楓葉國繼多倫多市、密西沙加市、奧克維爾市及賓德福特市的第五個禁魚翅的城市。

積極響應禁魚翅的是知名的「半島酒店」連鎖集團、宣佈分布在東京、曼谷、香港、上海、北京等大城市的「半島」旗下所有酒店，於今年元旦日起，餐單上再無魚翅這味菜餚。

中國山西太原的餐飲業集團主席上官樂先生，大發慈悲心，宣布於今年元日始，其餐飲業集團不再供應魚翅；但因早前存貨多，銷毀過於可惜；故在十二月內、免費讓顧客們享用魚翅。

為何食魚翅會與環保有關呢？因為地球生態是環環相扣，海洋生物也如是；食物鏈不能中斷。人類過度捕食的結果，鯊魚很快面臨絕滅。如果讀者們明白為何全球各國都嚴禁象牙產品，就會知道是對大象的保護；不讓大象因為其牙而滅絕也。

由於每年有多達七千三百餘萬條鯊魚被割切掉魚鰭而死，這類物種已將近滅絕，嚴重影響了海洋生態平衡，間接造成了環境危機。

如果讀者們有看過由「Discovery」節目拍攝的捕殺鯊魚的紀錄片；那些漁民把撈起的活鯊魚，將魚身兩旁的鰭切割下，隨即將血流如注的鯊魚扔回大海。這些受傷又無鰭可游的鯊魚，不被其他魚類吞食，也將因失血在痛苦中死亡。

「我不殺伯仁、伯仁因我而死」，由於我們食魚翅，而造成了鯊魚被如此殘忍的屠殺。食魚翅者，雖非殺鯊魚的元凶；但鯊魚之死，確確實實是與食翅者脫不了關係啊。

易地而想，如果地球出現了某類凶殘惡魔，捉到「人」時、即將四肢砍斷，任其自生自滅。試閉目細想，這個被切斷手腳的「人」，是否還能存活？恐怖之極的是「人」在斷肢後從生到死的過程中，所受的煎熬何其慘痛啊？

對於鯊魚群體來說，我們人類就是牠們生存的「惡魔」。有良知良心的人，有教養有道德的人，豈能當凶殘殺手「惡魔」的幫凶呢？明乎此、閣下還會食用魚翅嗎？

有宗教信仰者，不論是崇尚「博愛」或是嚮往「慈悲」教義，這些信眾以前對魚翅來源不清楚，享用並無不妥。但今日經已明瞭鯊魚之死，是被折磨痛苦而歿，皆因吾們嗜食其鰭。明知後就會產生「不忍」之心？有了這份「不忍」，便是「博愛」心或是「慈悲」心。因此、拒絕食用魚翅，就是博愛，就是慈悲；自然會「心安理得」呢。

魚翅並無任何營養價值，翅湯完全靠配料烹飪；魚翅無味又難消化，中國人的飲食文化，其中部份已變成了「虛榮心理」作祟。因為價錢貴，能有「翅」的筵席，等同是身份的顯耀？如今，若有魚翅的筵席，已變成「不仁」及「殘忍」了。

今天地球村早已形成，中華飲食文化裡、不合時宜者，理應去除。讀到去年十二月九日的南澳時報、社長潘家發先生的一篇鴻文〈請別再吃魚翅了〉，真是擲地有聲，特引潘社長大作末段、作為本文的完結：

「尤其是身為社團的領導人，下次、訂酒席時，就放棄食用魚翅……女士們、先生們，別再吃魚翅了！」

二〇一二年元月三日

# 《四海作家雲南采風錄》：請勿再暴殄天物

四月二十二日離開昆明，結束了十七天滇西采風之旅，回到家已是翌日午後。從廿四日開始創作此行見聞的系列特輯《四海作家雲南采風錄》，到今天恰巧也是十七天總共交出了九篇文字。隔日清晨進入沒有安裝網絡的書房，專心敲打鍵盤兩、三個小時，「功課」便撰打好。

發出邀請函的白舒榮女史最近從北京回信，總用「高產」兩字形容讀到拙作；雲南的主辦者陳志鵬老先生昨天覆函高興的說，要將拙文代轉當地報社雜誌發表。陳若曦教授與作家盧新華兄讀罷拙作給我的肯定，讓我感到付出點勞累、回報卻豐收呢！

生平最怕的就是欠債，所謂無債一身輕，勿論是錢債文債都一樣；受邀到雲南參加采風團，白舒榮主編的邀函明文說好，唯一條件是回家後創作些見聞文章。雖無簽約，應邀前往、已是君子承諾，我們豈能白食白住白受招待呢？

由於五月中旬將赴歐洲為先父母掃墓，怕從歐洲回家後會將雲南見聞沖淡，激情不再，到時恐怕要交白卷呢？故趕著隔天做「功課」，（蝸居有兩個書房，一個是與內子共用、安裝電腦可上網；另一間是我獨佔，專用創作。定下隔天上網，隔日敲打作品。）直到今早統計，竟已完成了九篇，讀題目就知道都是好的美的妙的開心的歡樂的內容，達到將美好事事物物與讀者分享的初。

已到了整裝出發前往歐洲，這一篇是專輯的尾聲，前九章好話好事都講了，壓軸這一篇，反映些不好不美不妙的事物，所謂「當局者迷」是至理名言。我們這些來自世界各國的作家群，不但是旁觀者「清」，且因為掛著「作家」銜頭，至少頭腦和眼睛會比一般不搞創作的人更清晰和明亮些。

「四海作家采風團」全程十七日，午、晚餐總共三十三餐（最後那天午後離開，晚餐是飛機餐，早餐多由酒店供應。）邀宴單位或機構，不論是州、縣或市政府、也不論所到之地屬州、縣或市管轄，餐桌上預先擺放好的佳餚，竟然滿滿的將整個桌面都佔據了。

我們還沒有到達前，蒼蠅們經已不客氣的飛繞先嚐啦！每每就席後，來不急舉筷，大家都忙著驅逐噁心的蒼蠅。本來的好胃口經此折騰，必然打了折扣。（這種先擺放菜餚，大概是當地餐廳習慣吧？實應改良、等客人到齊後才能一樣樣的捧上餐桌。一可保清潔、二可保溫度。）

每桌的菜餚多達二十二款，略少的也有十六款；還未計大受作家們歡迎的白饅頭、玉米和白飯（怕油膩和怕太辣，作家們都要這些粗糧。）。餐桌上竟有雞湯、肉骨湯和菜湯三大碗湯水，除了菜湯少油脂，我們才敢挾菜享用。其它往往在湯水上、在各式菜餚上浮著一、二公厘的油脂肪；不小心的海外作家們食用後、莫不在途中瀉肚子，讓隨團的郭紅雲醫生忙到不亦樂乎。

每餐供應湯、菜太多，根本無法盡用；縱然是主桌、坐著當地的領導們及一、二位被點名的作家，餐後莫不剩餘過半的菜餚。每餐六桌至七桌，視乎當地宴客單位前來接待的多寡而有出入；想想每天兩餐、每桌都將享用不完的半數湯菜倒掉，浪費那麼多的物資、浪費那麼多金錢？如此暴殄天物，大違環保理念，寧不叫我們心痛？

說是「面子」問題？怕餐桌上的佳餚不夠，讓客人不飽，就顯得主人「寒酸」？因而、宴客都要十幾二十道菜，寧可倒去過半，也不能「丟人」？某知情者告知、全中國各單位宴客，每天幾乎都如此，全年浪費了幾千億元。如此陋習，應該早日改正。

我一再問當地朋友，知否墨爾本市長宴客，餐席有多少道菜？無人能正確回應。當他們聽到澳洲國宴、官宴只有三道菜享用時，幾乎都難以相信。我也告訴他們，中餐宴客，連甜品最多是十盤，剩餘的往往打包帶回家去，大多做到不浪費。

大國崛起，富有後就浮誇浪費，每天每日每地都有意無意的「暴殄天物」，實在讓人痛心。可知中國仍有極多地區的農民，看不起醫生，孩子無法上學讀書？

若將這些浪費糧食換成金錢，用作支援仍窮困的農村或礦工家庭，豈非更有意義？

前週西澳網友劉先生傳來以下這報則報導：

「在德國、有對中國夫婦到餐館宴客，難改在大陸浮誇之風；依然點了很豐富的菜餚，餐畢剩下了三分之一。付款後、餐館老闆要求做東者留步，示以雙倍款的政府罰單。這對夫婦抗議，老闆說：『錢是你的、物資是我們的，我們沒有忘記二戰給我們的飢荒，請照罰單付款吧！』」

浪費菜餚物資、也就是不講「環保」，國家強盛是可喜可賀之事，但富強了也絕不該存有「暴發戶」心態。浪費、浮誇皆不足取；應有愛惜地球講究環保的觀念及行動。

本文或許讓宴請「作家采風團」的主辦機構、各領導們心中不快；但那是出自作家良知的肺腑之言，吾以野人獻曝之誠，不端冒昧的反映所思所見所聞。希望今後能正視宴客的義意，做到賓主共歡其樂融融，比之山珍海味浮誇浪費資源更勝百倍呢！

二〇〇九年五月十三日於墨爾本

本文收錄於二〇一〇年雲南省出版的《四海作家雲南采風錄》精裝本專書

# 共和國旗又飄揚

每年踏入四月這個美麗的仲秋時節，心緒也隨著淡淡秋風泛起了絲絲漣漪，那場驚天動地的變遷已悠悠流逝了二十九載。越戰早成為教科書上的一頁歷史課本，讓世界各國的學子去解讀當年印支半島上反抗極權圍堵共產黨的正義之戰，最終落得黯然淪陷的千秋功過。

悲歌吹奏後，幾百萬不甘於被奴役的印支人民及華裔紛紛奔向汪洋，用生命作賭注，冒死投到西方自由民主的樂園，怒海餘生者成為避秦客的難民。

那些身心皆苦的越南難民，在異域他鄉細數歸期，不少壯志凌雲的漢子學習臥薪嘗膽，發著復國夢；在海外集會結社，創辦報刊電臺，聲討著越共的苛政在故鄉如何虐待奴役著人民，他們反暴政、反共產黨的意志和精神，始終如一。

最令人敬佩的事，莫過於二十九年的歲月裡，全球各地的越南裔社區、商場，必定在四月一齊紀念「國恥日」，整個四月，都掛上了那面淪陷前的「越南共和國國旗」，這面黃色為底中間三條紅線橫排的鮮艷旗幟，在海外越裔族群，已代表著故國河山，也是自由的象徵。縱然這面「淪亡」後的國旗，連一寸土地也沒有了；在聯合國，在全世界都承認「越共」政權而高掛那面「金星紅旗」的時候，越南人卻其志不移的至今仍把那面染血的「紅旗」看成非法的入侵強盜，一心一意把共和國國旗當成真正的國家旗幟。

十九年前初履歐洲，適逢法國四月初春，抖擻的寒氣侵襲中、路過越裔聚居處，竟被映眼的一片「紅黃相間的共和國旗」照暖了心房。定居德國的弟弟說，在德國雖然越南人不多，年年四月、他們都在門前懸掛「越南共和國」國旗。

後來去加州，在澄縣新西貢市場，這個越裔商業中心，大小商店竟都高掛著那面美麗的「三劃旗」，不用說，也恰巧是四月了。

雪梨的卡市、墨爾本的富士貴、力士門等地的越裔人士，也和世界其他地區的越僑一樣，在整個四月裡掛上共和國國旗，紀念國恥日。

除此外，慶祝傳統節日、宴會場所，有需要掛旗，也必定高興的張掛出這面黃紅相間三劃旗。各地越共領館無論如何以外交抗議，也無法動搖已成為所在國公民的越裔堅持的民意。

更有甚者，去年澳洲的「特別廣播服務」電視台（ＳＢＳ），安排在清晨定時轉播半小時的河內製作新聞節目，雪梨及墨爾本越裔社區領袖先後去函要求停播，不得要領，該台照舊繼續播出。不意招惹了八、九千越裔人士，手持三劃旗在兩地的電視台辦事處門外示威抗議，成為全澳傳媒焦點。事情鬧大後，該台被迫立即停播越共的新聞片。又一次見證了民主國家民意的勝利，我也深深被越南人的反共精神感動。

反觀印支三國的華裔難民，同是深受共禍之害，同是為了逃避苛政而用性命作賭注；大難不死者，大部份同僑對苛政深惡痛絕，用沉默去反抗去杯葛共產黨。少數所謂「僑領者」，昧著良心，急不及待的去投靠共產黨，為免心虛，以種種藉口說詞，說什麼「迫害我們的是越共、棉共不是中共？」尤其在中共統戰下，施予小恩小惠，三、五天的觀光招待，或一紙愛國獎狀，或一些不足為外人道而只有當事人自知的「好處」，就可不分清紅皂白是非，有奶便是娘的去認同中共。

比之海外越南人的正義，比起越裔的忠貞，比起越族的擇善固執，真覺得那些甘做牆頭草的印支華裔，可悲可憐。再怎樣振振有辭自圓其說，也愧對當年拋家棄國的初衷，更愧對陪自己投奔怒海的年幼兒女，把自己及家人的生命作賭注，為了自由？但如今竟然都忘了當年冒險逃難的原因，居然去討好去奉迎劊子手的幫凶，印支三國共產黨的兩位後臺老闆，中共就是其中一位啊！午夜撫心自問，對得起那些被紅高棉折磨而死的幾十萬華人孤魂？對得起那些被怒海吞噬的、無法統計的印支船民嗎？（聯合國難民專署統計約三分之一的船民罹難。）

為了眼前微不足道的小甜頭，為了自以為「正義」的「反獨」，（反獨沒錯，除了反對台獨，也該義不容辭的反獨裁反腐敗反貪官污吏啊！況且反獨難道非要投靠中共嗎？）為了不可告人的利益等等；這些人、良心可以出賣，國家民族可以不當一回事，「良知」是書生之見而已，管他娘呢。

民族的氣節，民族的大義，民族的良心，看起來，越裔比我們強多了。每年四月，往往懷念當年九死一生的逃亡苦難，見到美麗的共和國國旗又再飄揚，不免心湖掀起漣漪，敬佩越南人的真正愛國精神，也嘆息印支華裔族群中，那些患上了無藥可治的軟骨症者，為其哀為其悲！

二〇〇四年四月十五日仲秋

# 全面抵制菲律賓

五月九日在南中國海國際海域捕魚的臺灣漁船「廣大興二十八號」，被菲律賓公務船在無預警的情況下，突然開火攻擊，當場射死在這艘屏東註冊的漁船船員洪石成；罪魁禍首的菲律賓公務船逃逸而去，此事件經已引起兩岸人民公憤。

臺灣當局即向菲律賓下達七十二小時通牒，若無反應，將凍結菲佣的申請等幾項措施。其實早在二〇〇六年臺灣的滿春億號船長陳安老，就被菲國水警射殺，臺灣當局交涉無效，不了了之？因此、這次事件的結果，看來菲律賓政府也必將縱容凶手，不會還公道給無故被殺死的臺灣漁船船員。菲律賓之有恃無恐，菲國水警及公務船之橫行霸道，對臺灣漁船胡亂凌辱、任意開槍殺人，皆因輕視兩岸的實力。

臺灣人民本就是中國人，是炎黃子孫；海峽兩岸由於歷史原因而暫時分隔；任何國家任何外族若隨意欺侮臺灣人民，也就是對全體中國人的蔑視，對全球華裔華族的凌辱。吾等豈能坐視，任由惡棍橫行，任由這些番邦繼續侵襲我華夏子民？

有恃無恐的菲律賓，完全是狐假虎威。山姆大叔重返亞太的戰略中，菲國這小小蠻邦，也是其圍堵中國的一枚棋子。也就是說、若菲律賓被侵犯，美國定然不會坐視；一如倭寇膽敢強佔釣魚台，都是美國這隻惡虎在撐腰。

多年來以大量輸出外勞為其維繫國家經濟的菲律賓，人民生活困苦，執政者不思為民謀福，只知中飽私囊、官僚貪污無能。國家積弱，根本不堪一擊。臺灣政府本應在二〇〇六年傾力為被殺的臺灣漁船船長討回公道，才不會助長番邦氣焰，再次加害我國漁民。

此次事件，若結果仍然不了了之，海峽兩岸執政當局若仍然採取「百忍成金」的鴕鳥對策？不但示弱於外、且將後患無窮。任何小國、隨意排華侮華，任意屠殺我華夏人民，都可逍遙法外？正所謂此可忍孰不可忍，敝人不才，謹以野人獻曝之誠，建議全球華裔、華僑、華社，同心協力，一齊抵制菲律賓這個野蠻番邦。

經濟抵制的方法很多，首先臺灣人、香港人以及其它地區，有請佣人或保姆的家庭，不要再聘用菲佣。可改聘泰佣、印尼佣或越南等國的勞工。

其次、我們更要全面杯葛前往菲律賓旅遊觀光，無煙工業，是國家外匯的主要來源之一。以上兩點方案，只要全球華社團結一致，發出呼籲，定下行動日期，持之有時；該國從此就會明白，單靠美國撐腰，只可暫免於被兩岸聯手進攻。但卻無法解救其國家因被全球華族抵制而經濟崩潰。

唯有受到致命的經濟打擊，菲律賓這小小番邦，才會受到應有的教訓而覺悟，往後再也不敢挑釁中國人，再也不敢欺凌臺灣漁民。

當然、敝人的呼籲、無法讓海外幾千萬華族、華社都能知悉或響應；因此、拙文首先呼籲的是兩岸執政當局，因暫時無法或不想與美國正面衝突，在對菲律賓百般忍讓時。何不採取「不戰而屈人之兵」的方法，通過兩岸駐外機構、臺灣駐外的經濟文化辦事處、中國的總領事館，可向各地華社、僑校、團體，暗中發出全面抵制菲律賓的指示。

善用海外數千萬華族、華裔的民間力量，在重要時刻，是可以發揮巨大效應。

在華夏族裔面臨被外族凌辱、被打壓、被蔑視被無理殺害的時刻；我們全球華族團結起來，手心相連，一同發出怒吼。那麼、如菲律賓這些美國馬前卒，必不敢再囂張，必不敢隨意再挑釁兩岸人民。

不論是臺灣漁船船長、臺灣漁船船員都不能枉死；兩岸政權暫時不能嚴懲蠻邦凶手，唯有善用海外華裔、華族的民間力量，給無辜被殘殺的漁民伸冤。最終迫得惹事國家的凶手伏法，讓正義得以申張、讓冤死者得以瞑目！

二〇一三年五月十八日

# 慈悲大愛無疆界

每有大天災發生，在悲劇中往往出現許多鼓舞人心的好人好事。此次日本接二連三的巨災，牽動世人的除了那難測天威造成的恐怖畫面外；還有的是核電廠內為拯救核洩漏、留在崗位上的五十名死士，明知會犧牲生命，仍然視死如歸，他們表現的其實就是極偉大之菩薩行。

海嘯發生前，日本沿海魚鎮的播音小姐，堅持著向聽眾不斷發出海嘯即將到來的警訊；不幸她卻被海浪捲走、犧牲了年青寶貴的生命。由於她的勇氣及盡責，讓成千上萬居民因聽到她的警訊而及時逃過劫數。

當然、還有從中國、美國、澳洲等國趕去災區搜尋地震瓦礫下的倖存者，明知大震後會有無數餘震的危險；依然奮不顧身的與時間競賽，想從敗瓦殘垣中尋出被困者。所救的對象並非自己同胞或親人，這大班國際拯救隊都是無名英雄，他們的慈悲大愛無疆界，菩薩行蹤處處顯，在悲哀氣氛中給人力量及溫暖。

臺灣長榮集團總裁張榮發先生說：「天天觀看日本災情電視報導到深夜十二時多，常常流下眼淚。」因此在三月二十三日中午以個人名義捐出十億日圓（約一千兩百五十萬美元）；讀到以上傳媒發表的這則新聞，對這位富翁的仁愛及慷慨解囊捐獻善款的義行，衷滿敬佩。

同日報導，日本首富、「軟體銀行」（Soft Bank）的華裔創辦人兼總裁孫正義先生，親往福島災區訪問，並宣佈照料一千二百名難民、提供一年的交通費、就業及飲食費。這筆錢也是超過一千萬美元之巨款啊！為富而仁者，都有顆菩薩心腸。值得頌揚！

有位旅居大板的洽爾濱華人相樹奎先生、五十二歲的電工，一九九六年移居日本；因為在電視上看到福島核電廠五十死士用生命代價搶修核電站報導，令他熱血沸騰，主動請纓報名要做「死士」。這位相先生的精神比那五十位死士更偉大，因為前者必竟是核電廠職員，又是日本人；而相樹奎是外來移民、又非該核電廠員工，本可逍遙事外。但因為慈悲心，被勇敢的日本「死士」們感染而身體力行，可敬可頌，能夠犧牲生命利益人群者，就是菩薩化身啊。

前陣子大陸有位陳光標先生，現改名陳低碳；這位富翁捐錢做善事、是以其獨特誇張方法，大事宣傳，當街派錢。被不少人詬病，冷潮熱諷。其實、一個人只要有菩薩心腸，不論是何身份，用何種方法行善都該敬重。

當然要除開「偽善」者，假設陳低碳嘩眾取寵，當街派發五百萬元後，就可獲取一千萬收益？那麼便是做秀，就不值得贊揚。但如果因為義舉而要天下人皆知，那麼有何不可呢？總比世界各地那一大班「為富不仁」者們的吝嗇強得多。

世人都應該頌揚善舉，不論被他人所廣傳，或是如陳低碳先生般自我宣揚；並無分別。只要善人們、擁有一顆大愛慈悲真心，隨時隨地獻出愛心；不論是金錢物資捐助，或小至付出體力幫助災民（如陸克文外交部長年初在昆士蘭大洪水中，涉水為老弱災民搬運傢俱。），大至犧牲生命的偉行，我們都應尊敬歌頌其義舉。

許多為富不仁的守財奴們，死抱著銀行存款、股票資金，最後淪為二世祖們爭產打官司，讓律師法官們得利。兩相比較，社會還是寧要多些陳低碳先生這種高調的富豪。起碼在他的高調慈善行為中，令許多在苦難中的人得到助益啊。

菩薩普渡眾生，絕不會對災難中的眾生存分別心；有菩薩心腸的大善人們，在行大佈施時，眼內心中對受苦受難的災民難民，也不分彼此。因為、慈悲大愛無疆界啊。

呼籲世界各國作家們，多多撰文頌揚善舉義行，喊醒許多守財奴的良知愛心。讓他們早日明白，行佈施是大功德，利益眾生外，最終是澤及自己及後代兒孫啊！

二〇一一年四月五日於無相齋

# 第三次世界大戰？

美國「國家利益」網站於四月十六日發表一篇文章，題目是「如果第三次世界大戰在亞洲開打」；推演了第三次世界大戰在亞洲爆發的可能性？

無巧不成書的是：在此之前倭寇的海上保安廳發出消息宣稱，已完成專用於釣魚島周邊、警備的十艘一千五百噸級的最新式巡邏船的建造；其在十一區附近的巡邏船總數共增至十九艘，這批可高速巡航且配備了二十毫米口徑機關炮，可對中國公務船駛入釣魚島周邊加強警備。目的不言而喻就是對抗中國海警船，鬼子如此高調有持無恐的挑戰行為，若無幕後黑手撐腰，量這小小倭寇也不夠膽如此猖狂？

美、日等國家遙相呼應的另一件惹起世人重視的事是：美國國防部長卡特到亞洲專訪時，登上美軍航母，在航母上公佈美國與印度及菲律賓達成新軍事協約。

總體上發出了一個信號：「奧巴馬領導的政府、側重於以軍力對付中國在地區的領土野心。」一所有種種迹像表明的最終目的，就是以美國為首的西方國家，聯合亞洲幾個傀儡小國，要傾力阻擋「中國崛起」？首先是彼此配合的加強力度宣傳著「中國威脅論」，繼而展現軍事外交手段，妄想不戰而屈人之兵的令中國乖乖任其擺佈？

近日、西方諸國不約而同的提出另一件被廣為傳播的事，推演「第三次世界大戰誰能贏」？這些表面看來是閒得無聊的言論，仍然存在著心理戰因素；目的和上文所陳是不謀而合。就是要讓正在崛起的東方巨龍心驚，繼而屈服於世界霸主旗下稱臣？

老外們忘了今天的中國，經已非往昔吳下阿蒙了；雖然大陸目前面臨內憂外患的困局，但絕非老佛爺時代可以任由西方列強及倭寇魚肉割切了。兵來將擋絕對有能力做到，但看來是不會先下手「主動出擊」？過去多年實施「韜光養晦」的國策，令到執政者習以為常，凡事能忍則忍，縱然習、李領導下的強權，也不願被後世史家稱謂：「窮兵黷武」的朝代。

人與國家是有共同點，畢竟國家的領導也是人；到了「忍無可忍」的時候，自然而然會反抗，到那時候無論誰執政，都要「亮劍」了。二戰至今經已七十餘年，這段歲月裡發生過韓戰、越戰以及中東動亂；但這些戰爭只是局部戰場。因此、新生代根本沒有經歷過一戰與二戰時期「生靈塗炭」的恐怖教訓，那些自視為強權的西方大國與倭寇、越、菲等傀儡小國們，幾乎前呼後應的將中國視為「假想敵」，要殲之後快？

國與國的搏奕包括了經濟、外交、政治，等到這些手段無法達到目的時，自然就是軍事出招了。南海島嶼爭端無疑是導火線，作為黑手的美國，也有意無意要想將戰爭引到中國門前，釣魚台群島便成了誘餌。

設下「餌」後、黑手興高采烈的在白宮遙控了；當然免不了對為了國土引起爭端的幾個國家，動之以利且誘之以權等等無所不用其極啦。

如如不動的中國、唯有以靜制動，靜觀其變；等到忍無可忍的時刻，亮劍而出是必然之事，先下手為強的將倭寇、越南、菲律賓等傀儡殺個落花流水。當然繼之而至的是必將面向美國這隻越戰時期被嘲的「紙老虎」了，兩大軍事強國開戰的結果，終是「兩敗俱傷」，戰場若在中國，炎黃子孫估計將犧牲幾億人口？

遠離戰火的山姆大叔國土，必將遭到空襲轟炸，過半人口也必消亡。

第三次世界大戰如若是中、美對搏，雙方傀儡小國無一倖免會被捲入，最終在兩大國皆敗落而停戰。北極熊蘇聯笑不攏口的將成為世界新霸主。歐洲諸國如沒有實際參戰或與美國聯盟對抗中國，那麼、這場預測的「第三次世界大戰」也只能成為史書上的「中、美」之戰，或者是東方巨龍與世界霸主美國的局部戰爭。

但願以上只是書生論壇的戰場，千萬勿成真，設若第三次世界大戰成為事實，那將是核戰場後地球的灰飛煙滅，縱然沒有參戰的小國人民、也將被擴散全球的核幅射消滅殆盡。阿彌陀佛！

二〇一六年四月廿五日退伍軍人節於墨爾本

# 數字八號禍福相倚

由於數字八號的發音，國語、上海話和粵語，無巧不成書，皆與「發」字相諧。故而對被貧窮折磨得太久的中國人，莫不希望早日致富？能使人擺脫窮困的最快方法，當然是拔掉窮根啦。能夠「發」自然就離苦得樂了，因而「八」號搖身一變，竟成為國人追逐的對象。想發財者，幾乎到了無「八」不安的地步了。

得益人當然是那些炒作「八」號的始作俑者，如拍賣車牌號碼、電話號碼、住宅門牌。凡數字中有八號，都被看成了「吉祥」號碼了，如十八、二十八、一百六十八、三百八十八、八百八十八，這些本來毫無意義的數字，居然被解讀成：「實發」、「易發」、「一路發」、「生發發」「發發發」。（粵語十音實、二音易、一六音一路。）

這些人所思所想，就是「發達」、「發財」、「發跡」？他們沒想到「八」號除了寓意吉祥外，竟有與災禍相倚的負面。

想不通的是中國主辦奧運，許是要取悅普羅大眾？或那些腦滿腸肥的官員們也想「大發特發」？故特意將奧運開幕定在二〇〇八年八月八日晚上八點。

但在距離奧運開幕還有八十八日，五月十二日（五一二相加是八）、下午二時廿八分，四川汶川發生了八級大地震。罹難與失蹤者相加是八萬八千餘人。這場大浩劫的年、月、日、時、分甚至地震級別、死亡與失蹤人數都與這個被看成「吉祥」的「八」號有關。

這巧合真令人「發毛」呢！因地震而形成堰塞湖，軍隊正全力搶救以免「發水」成災；地震竟使近萬間豆腐渣校舍坍塌，令全民「發火」。中央領導已「發令」撤查，「發誓」要嚴懲作奸犯法者。中共在災後即時「發佈」訊息，贏得舉世稱頌。「發生」地震後，武警在危險地帶搶修塌橋，真為他們「發抖」。

每「發現」生還者，大家高興得「發狂」。慈善機構已「發放」賑災物資，災民於夜間可免「發冷」。溫家寶視察災區時「發出」命令限時打通重災居道路。

拙文「發稿」前，全球華社經已「發動」各樣的募捐賑災活動；「發揚」了人饑己饑的慈悲心。看到災民們「發愁」的鏡頭，希望大家「發願」、「發心」共同參予賑災，「發揮」守望相助，一國有難百國支援的精神。

一心只想「發財」的人，其行令識者「發噱」呵！太多金錢有時會使人「發瘋」。「發達」是好事，有錢若為富不仁，小心被公眾「發難」圍剿。

隨手敲打就跳出了上文二十六個與「發」字有關的詞句，卻只有「發達」與「發財」與錢相連。

除此外，與「發」字連繫的詞句如：「發怒、發汗、發作、發愀、發昏、發炎、發狠、發胖、發病、發配、發洩、發喪、發麻、發悶、發愣、發痧、發疹、發酸、發臭、發霉、發瘋、發獃、發飆、發酵、發暈、發燒、發熱、發顫、發難、發急、發笑、發聲、發光、發射、發引、發木、發愣、發脾氣、發瘧子、發人深省、振聾發聵等等……」

前後共打出六十七字與「發」字有關的詞語，細算只有十五個詞是正面義意，反面的高達五十二個之多。想不通為何國人居然會深信「八」字是代表吉祥，寓意「發達」？

以諧音來講，「八八八」是「發發發」沒錯；但未必是發財？可能是「發病、發瘋、發愁」？十八是「實發」，「發財」的比率只是三十四分之一而已，其餘三十三的機會是包含了上述不吉利之詞。看中十八號門牌者，真會幸運「發財」嗎？勿忘了「發財、發達」只是六十七個「發」字詞句中兩個而已，其餘六十五個「發」字，都與錢無關呢。

花錢買「一六八」車牌，本想「一路發」？發是發了，可惜天不從人願，並非「發財」，如「一路發飆」、發生車禍，那就得不償失啦。

從四川八級大地震發生的時日推論，彷彿老天爺要讓那些迷信「八」號者一個警訊，世間竟有那麼玄的事嗎？

數字會給人帶來好運？這都是想錢想到快發狂者、一廂情願的念頭而已。八號其實是禍福相倚，從比例來解讀，禍還比福多啊！

以平常心處世，自然心安理得；無妄求無妄念，也就無非份之想。錢是身外物，不知足者，才無時無刻想著要「發財發達」。弄不好、非但難「發財」，還會「發生」些想不到的災難，如「發病、發炎、發瘋」等等禍事。

「智者不惑」、「知足常樂」都是先賢們的至理名言；這些人生「金句」，但願我們能多多思量，切入生活中，那才是無盡的「財富」呢。

二〇〇八年五月廿九日

# 民主不是洪水猛獸

民主政治雖非人類社會制度的萬靈丹，但至少是國家運作中比其它政制更合情合理，更令人民生命財產有保障。也因此、過去大多封建帝國已漸漸式微或更改，或被人民推翻轉成共和國。部份「共和國」卻成為野心家專政的獨裁者天下，而生活在極權國家中的人民，除了大小貪官污吏外，幾乎人人心中對極權制度不滿，莫不響往生活在民主、自由的國家。

柏林圍牆沒被推倒前，東德人前赴後繼翻越圍牆投奔西德。邁阿密海灘不時發現勇敢衝破洶湧波浪而到彼岸的古巴人。三十年前越南、柬埔寨、寮國三邦的人民，競相奔向怒海汪洋，一百多萬海上船民轟動了全球，成為傳媒爭相報導新聞。（本人舉家亦是難民，當年攜婦將雛在南中國海飄流十三日後，舊貨船觸礁而淪落印尼荒島十七天，大難餘生，這段經歷可參閱拙著長篇小說《怒海驚魂》。英譯本《The Stormy Sea》由企鵝出版社於二〇二二年全球發行。）今天的香港人中，有些人是從珠江三角州游泳逃離大陸。蘇聯、東歐極權倒塌前，數不清的人民千方百計求棄國，越南統一後，北越華裔用腳投票、行路過中、越邊界，再偷渡去香港，再轉往美、歐、澳等西方國家。

以上所舉皆是冒死抛家棄國者，這數百萬難民，都是不同種族、不同宗教信仰、不同國籍的人民；但卻有相同的一顆追求自由民主的心。幸運如我全家者，從此脫離專政苦海；不幸者、自然被魚群吞噬。正合了「不自由、毋寧死」這句至理明言。（根據聯合國難民專署統計，約三分之一印支三邦海上難民罹難，屍沉汪洋的船民估計數十萬之眾，真正死亡人數永遠是個謎。）

中國改革開放以來，民生得以改善，國力增強，有目共睹。中產階級與日俱增，中國與世界接軌，人民到各國留學、觀光、交流；各級官員以種種名目，用公款到世界各地大灑金錢；民智相對開拓，再難長久容忍一黨專政，這就應了美國政治家預言的「和平演變」。革命不再流血，經濟改革成功，再來應是政治改革了。

欣聞中央編譯局副局長俞可平教授，於去年十二月廿八日在北京日報撰鴻文〈民主是個好東西〉。一石激起千層浪，在世界各地引起了震動。之會轟動，是該大作能在天子腳下的北京日報發表，作者又被視為胡錦濤的「文膽」，算是胡先生的核心智囊之一。

中共十七大即將召開前，這篇文章不免引發種種猜度；無論如何，這絕不會是「引蛇出洞」的樣版文字。因為、出自這位教授級數的「文膽」大作，若非有掌權者受意，絕難發表，當今國情也再難走回頭路，再去搞陽謀或陰謀那類恐怖手段。

這則訊息透露的是可喜現象，不論是否中共高層藉此放出試探？至少、中南海掌權者已意識到世界民主潮流是再難阻擋，政改是必然之路。找出一條合適中國國情的方針，教導全國人民有關民主選舉方法，漸進式的由地方政權、市政、省政逐步由人民選舉產生。時機成熟開放黨禁，再選人民代表，進而組織內閣，民選政府於焉成立。順應民情、民意，才是國家之幸、人民之福。

民主之被獨裁者視為「洪水猛獸」，因為若實行民主，大小官員們手中權柄將會被賢能之士取代。對那班獨裁者，那大批貪官污吏，當然要想盡辦法去污衊民主，將它視為「洪水猛獸」？無非想愚民、想作最後掙扎，希冀永享其個人的大權，再用權勢去謀取暴利，用特權去魚肉人民，為所欲為。

俞可平教授鴻文「民主是個好東西」，一語道破十多億中國人民的心聲願望。讓我們引頸以待，祈盼中國早日演變成為民主國家；國泰民安，和平崛起，強大興盛。那將是炎黃子孫之福澤、神州百姓之萬幸也！

二〇〇七年元月十四日於雪梨旅次

# 中國問題奶粉隨想

北京奧運會璀璨的光環還沒完全在人們的記憶中隱去，四川再次發生六級地震的悲劇令近百萬人頓成災民；不幸的事又來了、山西襄汾崩壩活埋了二百五十四人。天災難測，唯有感慨蒼天不仁。

緊接著發生了震驚中外的三鹿毒奶粉事件，波及全國二十餘省及臺、港等地，令六千二百餘嬰兒無端腎結石，已有四嬰孩死亡。這起人禍還讓紐西蘭女總理親自致電中國北京，原因是克拉克總理「擔心地方政府隱瞞事實。」

事件爆光後，舉國嘩然。國家質檢局九月十六日公布，全國共有二十二家生產奶粉企業均含「三聚氰胺」可令嬰兒腎結石。民眾紛紛前往退貨，受害人潮湧，控告出產問題奶粉公司，遍佈各省的二十餘位律師提供無償法律援助，向受害人討回公道。

看來三鹿公司經此一役，將無法再經營生產了，倒閉是自食其果。受害人能有律師代為提控，不至如往昔被坑害者吞聲啞忍，含恨難平。這也是「民權」的一大進步。

此次山西發生特大潰壩慘劇，中央追究責任，於九月十四日宣布將山西省省長孟學農及副省長張建民革職。這種問責制也是較以前進步，起碼可平民憤，也讓地方官們警惕。

但只革職而不查辦，被撤掉職守的高官，沒多久在人們淡忘了後，將會在另一個地方再戴起烏沙帽。一如這位孟學農，二〇〇三年因處理SARS危機不當，被迫辭去了北京市長。去年東山再起，竟榮升山西省長。不久後，誰知道他又將到那個省市或中央再穿官袍呢？

問題奶粉事件，雖說是生產公司要負最大責任；但衛生部有關的首長，在接獲報告後並沒有即時採取應變，命令回收或停止生產，事後只將責任全推給「三鹿」？還有質檢部門的官員，若不失責，定期檢驗，那能讓大批問題奶粉流出市面？這等官員們，難道能逃過問責嗎？難道不該嚴懲嗎？

世人早已對大陸產品有戒心，這類負面消息不但影響消費者對生產地的取捨，也嚴重損及國家顏面，難怪中央大員三申五令要求嚴厲把關，祈望早日恢復「Made in China」的聲譽及形象。

可惜、上有政策下有對策，所謂山高皇帝遠，我行我素。貪官污吏競相包二奶三奶，比賽公款消費，反正，官官相衛，有事走走後門，必能大事化小、小事化無。

中國官場腐敗，貪吏無所不在，早已是事實；百姓盼望清官好官，盼來了親民愛民的胡錦濤和溫家寶這兩位最高領導，他們再有心，再能幹也無七頭八臂，亦無大神通。其政令若一出中南海，就成白紙，讓各級蛀蟲各展奇才，為所欲為，最終還是苦了老百姓。

今天撤了山西正、副省長，要等不幸事故發生，再撤失職地方大員，是治標不治本。（想起四川豆腐渣學校坑死一萬六千餘學生，問責聲不絕於耳，卻不了了之？令受害災民、枉死學生家長們憤慨怨恨。）

若要全國各級大小官員真正成為人民公僕，真正落實「民為貴」，人民能夠成為國家主人；在經濟改革開放多年並已取到巨大成效後，理應從速全力政改。

可先開放報禁，讓自由言論發揮功能，舉報各省各地的無能、貪瀆、失職官員。當然定下任何誹謗、失實、詆毀、誣陷者，都要受到法律處分。而查有實證的揭發，言者無罪，並能得到獎勵。

唯有全民監督制的實施，各地官員們縱然還非由民選產生，但由於人民有揭發權，有發言權，當官的就不敢變成「土皇帝」了。

西方各國，為官清廉，除了人民當家作主外，言論自由起到最大的制衡作用。因為一旦胡作非為見光，不但丟官還要瑯璫入獄。

胡、溫新政全國寄望，在中華民族歷史洪流中，若能掌握時機，大展長才，在胡、溫任期內大事改革，開放報禁，牛刀小試，讓國家人民充滿希望，必將留芳千古，成為中國偉大的領導人物，那才是真正強盛、幸福新中國的崛起啊！

二〇〇八年九月十七日

# 人性的光輝與醜陋：從四川地震看人間冷暖

自五月十二日中國四川汶川發生地震浩劫以來，這場天災牽動了全球千千萬萬人心，尤其是海外炎黃子孫，基於血濃於水，更為關心與傷痛；從世界各地僑團風起雲湧的發起救災募款，就可見一斑了。

十餘天來每日追蹤震區最新消息，在大量新聞與圖片中，也從電視、廣播、網站種種渠道傳至的訊息，好的壞的都有；尤其是此次天災，顯現無數人性光輝，同時亦看到了些不齒的醜陋事件。

先錄些光輝面和大家分享：

一、胡錦濤主席、溫家寶總理先後到災區指揮視察，以及軍隊、武警奮不顧身的搶救行動，讓世人刮目。胡、溫「英明領導」當之無愧。

二、彭州市紅岩小學的周派蘭老師，冒著生命危險四折返教室救出全班五十二位四至六歲的幼稚園學生，令他們都安全無恙。

三、浙江定海看守所囚犯陸某捐款一千元，他的義行感動了該所全體囚犯；二十分鐘內三百三十名在押者共捐了一萬五千三百五十元，沒錢者要求獻血。

四、自由撰稿人譚某，在鬧市高舉「廣州市民抗震救災售賣樓王」，將房子售出所得全部捐獻，並和太太親到災區收養孤兒。

五、南京六十歲老乞丐，到江寧區東新南路募捐站將全身零錢一百零五元捐獻。

六、北川縣民政局局長王洪發拼命救傷，用手從廢墟裡刨出救活十個生命，自己痛失十五位親人而無時間傷心。

七、四川彭州市公安局政工監督室警察蔣敏，祖父母、母親與女兒等共十位親人皆罹難了；強忍喪親痛堅守崗位，救災直到暈厥。

八、青川縣人民部部長袁世聰，在地震後二十分鐘帶全城第一支救援隊到廢墟；得知母親侄女被埋家中，三次路過她們被埋所在，都因緊急任務無法停留，一週後想起二位已死親人，忍不住落淚痛哭。

九、馬爾康鎮一對黃姓夫婦放下工作不顧危險每日開貨車穿梭災區，為災民送上急需物資，並帶上無人照料的幼子一起送暖。

十、綿陽社會為福利院社工齊羽，為照顧災區孤兒，過度勞碌，五月二十日倒地亡。讓六歲女兒與丈夫留下無限傷痛。

十一、甚邡市師古鎮民主中心小學倒塌，一年級老師袁文婷，二十歲的美麗天使，多次衝入教室又拖又抱的救出十三位學生後罹難。

十二、德陽市漢旺鎮中學老師譚千秋在坍塌教室裡用身體保護四名學生，學生都活了，而他死時仍張開雙臂趴在課桌上。

以上所舉只是冰山一角、感人肺腑的事蹟，每則都令我肅然起敬，這些小人物堪稱華夏子民的典範，是中華民族的英雄。國家都該給予表揚，以致其功。

再來是舉些令人齒冷的可惡可恨醜陋事件如下：

一、廣東惠州中學拍攝捐款，拍完後捐款者立即伸手進募捐箱，把錢全掏出來。這則捐款儀式被大量轉發，被冠以「史上最無恥捐款行為。」

二、在成都一些小區，出現救災帳篷？該地非災區，救災物資被參占，網友號召舉報，引至數百市民抗議，帳篷中人被警察帶走。

三、中國兩大救災款物管理部門，發布的中國紅十字會總會、接收救災款物的數據竟然不一樣？民政部公布的災款少了七千二百萬元？

四、四川汶川大地震後港、臺灣富豪紛紛慷慨解囊；大陸媒體十九日點名痛批大陸富豪冷血，其中一位富翁王石居然號召員工捐款不要超過十元。

五、災區被震倒的校舍將近一萬間，這些「豆腐渣」工程害死了無數學生。二百名痛失子女的家長，連續三天在四川綿竹富新鎮第二小學的廢墟前，以淚悼念愛兒。他們高舉標語控訴：「天災不可違人為最可恨，還冤死的孩子一個公道」。並要求胡錦濤主席，溫家寶總理介入調查。

六、海外華裔、華人基於血濃於水的民族感情，紛紛捐獻；有某些「僑領」，竟然說「趕快籌辦救災，可向總領事表示愛國？」藉天災辦籌募以達到向總領事「獻媚」；如此醜陋心態，豈有半分功德呢？

國難當前，眾志成城；天災浩劫，人無分彼此，都該有慈悲為懷之心，有錢出錢，有力出力，集腋成裘，為不幸的災民分擔痛苦。有能力救災，無論直接或間接，都是義不容辭之事。

那些想籍天災達到某種不可告人目的者，縱然籌到捐款，對災民有所助益，但在其個人品德上，經已有污。世界各地區的僑團領導，存著如此醜陋之心者，幸而不多。

要投左、要親共、要獻媚、要邀功的所謂「僑領」，實在不該利用災民的慘狀，利用大家的同情心愛心去表演。

中國國殤其間，千山萬水外、為無辜的災民哀，對人性光輝的事蹟，感動莫名；都該頌之、揚之、贊之、銘之於心。對那些醜惡之心醜陋之人，恨之入骨；豈能不批之、罵之、咒之揭發之。

人間有冷暖、希望多些光明面、少些黑暗事。祝願神州大地從此國泰民安，中國人民得享盛世之福。無災無難，也再無坑死孩子們的豆腐渣校舍了。

二〇〇八年五月二十五日

# 「肥咖法案」豈不快哉！

美國這個世界霸主近年因深受金融風暴影響、財政危機幾乎到達懸崖，政府欠下了天文數字般的國債；單單中國就購買了超過一萬億美元的債券，供養著無數美國佬的花費。

也許為了應付面臨破產的困境，或者為了報答債主中國的大恩？終於在精心策劃下，於今年二月十四日美國財政部頒布了關於「肥咖法案」相關跨國協定。這彷若深水炸彈般、措手不及的將大批移民美國的中國富豪、污吏們以及為數不少的「裸官」們的美夢炸醒了。

「肥咖法案」的全名是「海外帳戶納稅法案」，英文原句是「Foreign Account Tax Compliance Act」；將這句英文縮寫，每字只取第一字母，變成「FATCA」，FAT字翻譯成中文是肥，Ca就是咖啡的前一個字。如此一來、巧妙的把這個法案簡稱成「肥咖法案」。（註）

這個法案目的是向所有逃稅的美國公民、甚至在海外避稅者，也能因通過與世界各國達成的「協定」。查出其公民在海外的存款、不動產及股票等。這條法案要求世界各國金融機構，務必與美國國稅局合作。提供美國公民以及取得綠卡者在世界各國的財務資料。

目前通過商談，已和瑞士、英國、丹麥、愛爾蘭、墨西哥等國達成協議；美國亦加緊與包括臺灣在內的五十餘個國家談判。從此、身為美國公民或擁有綠卡身份者，再難將其身家財產藏匿。

這一條「肥咖法案」經已令美國富人恐慌不已，放棄美國國籍者為數多達三千人；但一旦放棄美國國籍，這些富翁們是要先清還「出走稅」。真個是布下了「天羅地網」啦。

「美國夢」向來是中國人的首選，自從改革開放後至今，向外移居的中國人有八成是去了美國。據中央黨校林喆教授在二〇一〇年向兩會的報導：單單從一九九五年到二〇〇五年這十年內，中國就有一百一十八萬官員們的配偶與子女移到國外永居。

平均數目每年接近十二萬人次的各級中國大小官員變成了「裸官」，可說是極為龐大的隊伍；這些「裸官」們的「不義之財」通通湧入了西方國家，其中八成是落到了美國。貪官污吏們讓妻妾、兒孫們出逃後，當然將其貪瀆而來的錢財匯出中國，以為天不知地不知，從此可安枕無憂？

人算不如天算，美國這個「天堂」居然會漸漸沒落，政府「窮瘋了」時不免想方設法向人民索取，而最妙的不如向每年湧至的中國「新貴」們開刀。這個算盤真的精妙無比，對幾百萬移到美國的中國精英們、裸官和貪吏們的震撼同時，卻讓散布在全球炎黃後裔們、全中國無數的黎民們感到歡欣鼓舞。

對於今後準備外逃的中國貪官們，以及為數不少的富豪們，他們往昔首選的「美國夢」必然已成為驚夢啦？那麼、接下來要去的國家就是加拿大、澳洲、紐西蘭或新加坡等國了。再過三幾年，這些國家也必然會向美國老大哥看齊，能增加國庫收入，何樂而不為呢？

這些針對移入新鄉的富豪們的法案，一旦頒布實施，並非是從頒令之日起計算，而是從新移民到達新鄉之日算。如果五年後澳大利亞國會也通過了類似美國這條「肥咖法案」，所有過去移居者未曾申報的資金財產股票，以及藏匿在其它國家地區的錢財，都會被徵稅。（當然、除非當事人已死亡，或已破產？或能証明資產來源的合法性。）

中國新貴們、裸官貪吏們拚命將搜括到的財產，移往美國及西方諸國，目的就是「買保險」，這些人從來就不認為移民新鄉後、從原居國匯入的大筆資金財富，有必要有義務「納稅」？面臨美國這條「肥咖法案」，能不煩惱、不徬徨才怪呢？

多行不義，必受天譴，無論是不義之財，不義之事，總會有報應；老百姓在被欺凌時，無奈時刻只能寄望老天爺，所以都相信「人在做、天在看」。

人世間都逃不過「因果律」，所謂不報、時辰未到也。蒼天有眼，美國到處惹事生非、殺人放火，國家才會淪落衰敗；財政始會出現大危機，才會設計出「肥咖法案」。向各國移至的新移民強行徵收稅額，而結果讓移美的中國幾百萬貪吏們付出代價，豈不快哉！

註：本文有關「肥咖法案」資料參考自南澳時報二〇一三年三月一日第十四版何清漣專欄

二〇一三年三月十七日於墨爾本

# 兩岸聯軍殺雞儆猴

近來在中國南海周邊幾個鄰國包括日本、越南、菲律賓等，不約而同的一齊為了侵佔本屬於中華民族神聖領土的三沙群島、釣魚臺列嶼、黃岩島等島嶼，而肆無忌憚的向中國挑釁。明眼人都知道狐假虎威的這幾班野狐群，是被幕後那隻張牙舞爪的山大王操縱。

由於有黑手撐腰，日寇完全忘了二戰失敗的慘痛教訓，「東條英機」與「山本五十六」的軍國主義幽魂竟然又在東瀛徘徊。極右翼份子石原慎太郎之流居然膽大妄為，無視中華民族的存在，公開要發售釣魚台，妄想造成主權歸屬事實？

在東京那些居心叵測的政客們已先後發動群眾，在街頭舉行了多次反華示威，焚燒五星紅旗。中國為了宣誓主權，月前出人意表的成立了三沙島嶼的行政管轄區，派出駐軍與該市領導前往執行任務。

覬覦三沙群島海域豐富油礦的越南，早已強行在那海域附件與西方採油公司簽訂開採合約，將原本屬於中國領土資源的原油，開採後出售給中國？一年獲利幾百億美元。最荒唐的事是、中國今年無息援助「同志加兄弟」的越南五百億美元，越南將其中半數用於向蘇聯購買六部二手戰艦，準備一旦中越開戰，可用這些軍艦對付中國軍隊。

越南首都河內與胡志明市，最近先後組織了反華示威遊行，踩踏侮辱中國領導人肖相與燃燒五星旗；同時發出呼籲要求「同胞們」全面抵制「中國製造」的入口貨。

日本與越南連續發生的反華示威集會，這類消息相信中國國內的人民是無法知悉，官方將網站過濾封鎖。是否崛起的中國，至今仍然在「韜光養晦」呢？因而怕引起民間激憤有所行動，影響了「中越友好」的「兄弟情？」

在釣魚台列嶼爭端中，中華民國也已發出義正詞嚴的聲明，在大是大非的國際爭端中，涉及中華民族共同利益時，兩岸攜手合作，是兩岸人民及海外華裔們所樂見的好事。

兩岸早已宣佈外交、僑務休兵，政權高層互訪、民間三通自由往來。學術、演藝與文化界彼此密切交流，往昔的敵意敵對經已「一笑泯恩仇」。同為炎黃子孫，本是同根生，雙方互助合作，結團就是力量。

大陸與臺灣在經濟、貿易、娛樂、文化、教育通通能合作交流，現在是到了軍事攜手聯盟的時候了。美國與日本，不同文不同種，為了利益都能簽署「聯盟協定」，此外澳洲與英國與美國遠隔千山萬水，也都能「聯盟」綑綁在一起呢。

海峽兩岸軍事聯合、打擊入侵領土的共同敵人，豈非是順理成章之事呢！

兩國之間若兵戎相見是萬不得已之事，最高明者是「不戰而屈人之兵」；果如此自然是促進「世界和平」的良方。但在非常時期，對那班「狐假虎威」的野狐群，千萬不能示之以弱？不然會讓狐輩看成所謂崛起的中國，無非是「紙老虎」？

海峽兩岸過往的劍拔弩張、說穿了還是離不開「幕後黑手」挑撥，不然帝國的軍火商們就賣不出那些二手武器啦？如今雖還沒有統一，但已漸漸融冰、化干戈為玉帛。最近若日寇膽敢強佔釣魚台列嶼，為保衛我國神聖領土，兩岸來一次擴大合作、聯合出軍對來犯倭寇迎頭痛擊，殺雞儆猴，周邊的狐群鼠輩自然逃之夭夭。

動真格的將日寇打得落花流水，而且是兩岸聯軍，到時為日本撐腰的美國，虛張聲勢的小動作必定少不了，果真與中國正面開戰就未必呢？大選年候選人都為了選票奔波，經濟一團糟的山姆大叔絕不做虧本生意。縱然一心想消滅「崛起」的中國，沒有百分百把握，斷不敢為了倭寇而甘冒核戰之險也。

現在兩岸應暫時拋開意識形態之歧見，彼此團結共同保衛神聖領土。國共再次合作，攜手聯軍擊敵，必將大快人心，也將被書入千秋史冊，兩岸領導人自然成為中華民族的偉大英雄呢！

二〇一二年七月卅一日

## 災後算帳嚴懲凶手：誓追究豆腐渣校舍有感

五月十二日四川七・九級地震浩劫的災情牽動了世界人心，過去一週中國領導人、軍隊、武警全力救災的鏡頭讓世人刮目，不論敵友無不頌揚，從溫總理、胡主席先後親蒞災區視察指揮，及十餘萬大軍奮不顧身的傾力搶救廢墟下生命的鏡頭，讓所有人都感動不已。

天災死亡人數多寡那是天意，無從挽回，只能感嘆老天不厚待我中華民族，始有此浩劫發生。然而、在此次大災中，廣大災區建築倒塌最多的竟然是中小學校校舍，也因此讓無數學生們被活埋，喪失了寶貴生命。

根據中國官方統計，此次四川地震倒塌的校舍共六千八百九十八間，還不包括汶川、北川重災區，都江堰市的聚源中學、新建小學、北川縣的北川中學、曲山鎮小學、綿竹縣武都小學、五福二小、廣智學校、東方汽輪機廠中學、青川縣木魚中學等。

共埋了數千學生，無數學校皆發生數百學生罹難。

甚至遠離震央的雲南省亦有一百一十三所學校受損，甘肅隴南地區倒塌校舍二千三百多間，陝西安康三百四十間學校受損。所有輕重災區、中小學校校舍是倒塌比率最高的建築物。而有不少倒塌校舍旁的周圍建築卻完好無損。

中共黨報「人民日報」旗下的「人民網」，五月十六日公開邀請了教育部、建設部官員就校舍大量倒塌問題公開回答網民提問。教育部官員強調將認真調查、絕不姑息，會給社會一個滿意的交代。（以上訊息引自十九日澳洲星島日報地震專輯M8版。）

這是巧合嗎？將近一萬間中小學校被震塌或震損，而鄰近的建築卻完整無損？是老天爺特別痛恨這些樹人的校舍嗎？任何有良知的人，第一時間都會想到那是「豆腐渣」工程，那是承建商和有關的建設部官員，就是間接殺死學生的「幫凶」啊！

很慶幸的是，教育部官員說會「一定從嚴處查、絕不故息」；希望那不是「信口開河」的官樣文章。

豆腐渣工程涉及的是建築過程的偷工減料，可從承建校舍總預算裡「中飽私囊」，建築物料好壞的差價很大，收好料的價格、買壞料替代。此外、每一平方面積要用多少水泥，才合規格，無良建築商減料或多摻上沙土，水泥成份越少，得利也越多。鋼鐵樑柱地基莫不如此的偷換，匆匆完工後就能「財源廣進」了。

建設部的官員們，若都是清官好官，學堂自然不會都是「豆腐渣」校舍了；建校時必然有專職官員們前往監督、視察，驗證、查核工程進展、施工用料等等。若無勾結，不存貪瀆，絕不可能在此次地震發生，受震災區竟然有多達近萬間校舍倒塌、受損，而造成幾千學生、老師死亡的悲劇。

網站圖片看到倒塌學校廢墟堆上，橫七疊八的躺著學生們的屍體，有的學生手中仍握著筆伏屍殘瓦；還有無數原本天真無邪快樂的小學生，今已成了校舍瓦礫中的亡魂，心中哀其不幸外；更感到無比的憤怒，豆腐渣校舍的始作俑者，才是殺死這些無辜小朋友們的元凶。

天網恢恢，可能部份黑心貪官、無良承包商亦在地震中死去，那是罪有應得。

大部份逍遙法外者，希望中共黨中央要認真追查，連同教育部、建設部成立專責小組，在災後逐一查明；有違建違法偷工減料及中飽私囊者，都要嚴懲這些殺人不見血的凶手，始可告慰枉死學生們的亡靈。也可以平息民憤，平息各界的質疑。

此次教育部官員在人民網上聲言：「誓要追究豆腐渣校舍」，証明官方已承認存在大量此類害人不淺的「豆腐渣」工程，能嚴辦，至少可防微杜漸，讓將來減少人禍災難，亦可將黑心官員嚴懲，大快民心。

二〇〇八年五月十九日於墨爾本

# 巴布方案高瞻遠矚

澳洲總理陸克文先生成功奪回執政權後、旋風式飛往巴布亞新幾內亞專訪，與該國領導於七月十九日星期五簽訂了「巴布方案」，並宣布即時實施。

從此所有不請自來的海上偷渡船民，澳洲絕對不再接納了。將通通送去巴布亞新幾內亞接受甄選，屬於真正難民身份者將定居於該國。並非難民的偷渡客將被送回原來的國家。

簽訂巴布方案之前幾天、陸克文總理在訪問印尼時，與印尼談妥阻擋非法入境者借該國當跳板。因而印尼政府隨即宣布不再給伊朗人發簽證，有效阻檔「蛇頭」把大批伊朗偷渡客先帶到印尼，再乘船南下前來澳洲北部海域或城鎮。

困擾澳洲多時的非法偷渡船民，在這連串新政策雷厲風行下，終於解決了。

澳洲朝野真正關心國家前途的國民，除了反對黨唯恐因執政黨起死回生的「巴布方案」高招，而影響即將到來的聯邦大選？不得不「雞蛋找骨頭」的找碴外，平心靜氣人民的都要為這新船民政策而鼓掌。

在巴布方案簽訂之前日，瑙魯島上的澳洲船民羈留中心；發生暴動縱火，將該暫時定居中心的營房建築物全部焚毀，造成六千萬澳元的損失。姑不論那些船民有何正當理由抗議，但卻絕不容許暴動放火破壞公物。前來要求澳洲收容，等待審核其間卻敢以暴力試法？這等所謂「難民」與流氓何異？澳洲是沒有任何義務及責任，將來自五湖四海的非法入境者收容。

星期一中午，忽接到「澳廣電台」記者的電話，訪問我有關「巴布方案」的看法。在十來分鐘的電話專訪中，我堅決肯定了陸克文總理的高瞻遠矚，治國有方；也預測由於他的強硬新船民政策，必然會改變部份選民的投票意願而支持工黨。

記者問為何本身是難民的我，會支持拒收難民的政策？其實、我發言主旨是反對以任何理由「插隊」？我們當年偷渡，是到達東南亞的難民營，然後等待西方各國人道收容。經過移民官前來審查、通過要求者被接收前來澳洲定居，完全是在澳洲每年收容移民名額限制人數內。並非強行非法入境，不守收容國的法律。我的意思並非贊同「拒收難民」啊，而是支持「巴布方案」接收難民的新方法。

全球各地區的難民中心，等待被收容的難民為數有幾百萬之多；如果乘船直達者就要收容，等同插隊。寬容插隊者，對守法的難民們就是不公平。同時、如無合理合法措施，來者不拒。等於縱容「蛇頭」們非法斂財，數不清的各地嚮往澳洲生活的人們必將通通湧至。此等不請自來者，良莠不齊，上文引述瑙魯島上暴動放火的船民，即是一例。

如沒有強硬的政策，每年湧到的船民、據外長卜卡先生估計每月至少高達四千餘，每年高達五萬眾？對國家對社會都有極大負面影響。

來者若是真正的難民，能被安排在巴布亞新畿內亞定居；從新開始，可免去在原居國被拘捕、被囚禁甚至被處死，其逃亡意願豈非已達到了？為何非得前來澳洲才算是逃難呢？

若想移民到澳洲或任何國家，都必需守法；澳洲每年定額接收來自全球的移民以及難民共達十餘萬人，條例完全公開。可以在網上查閱，可以在澳洲駐各國的使領館詢問。只要符合規定的移民，不論是投資、技術、留學、婚姻或家庭團聚，合條件而又通過健康檢驗者，皆可以堂堂正正乘飛機前來澳洲。

那些想走捷徑，透過「蛇頭」安排，冒著風浪乘船直奔而來者，經已是「插隊」的犯法行為了。果真是難民身份，最大目的是逃離國境，平安到達後，被安排去新鄉從零開始。這個新鄉只要再無生命危險，再不必受囹圄之災；那麼、巴布亞新畿內亞有何不妥？

為澳洲長遠的利益想，為那些被各地「蛇頭」誘惑的船民想，以及嚴厲打擊那些無良的「蛇頭」們，陸克文總理再執政後成功簽訂的「巴布方案」新船民政策，實在是至今為止最高明最可行的良方啊。

澳洲人民與政府向來是慈悲為懷，美好的善良的愛心卻被「蛇頭」用作非法牟利。將中東、非洲及動亂地區的人民，或詐騙或誘惑他們，不惜冒死犯難與怒海賭命而來。「巴布方案」實施後，相信從今以後，必將杜絕了此等非法入侵者蜂擁而至了，自然也斷絕了所有「蛇頭」們的非法勾當。

二〇一三年七月廿四日

# 扭曲季節顛覆時序：盛夏齊迎春、初春過中秋

澳、紐地區的讀者們，在讀拙文前，請自問是否能立即說出居留國的四季是那些月份？本來「季節」這點小常識，任何地區的小學生們都早已知曉了；但時空轉移後，在大洋洲定居的廣大華裔群體，包括為數眾多的僑領們，卻依然將原居國的「時序」硬放在當下生活的國度。因而、能立即答對以上顯淺問題的華裔為數不多。

答不對的讀者們，要記住了喲！以下是大洋洲四季季節開始的月份：

九月是初春、十二月是夏天、三月是秋季之始、六月冷冬蒞臨。

吾於十多年前經已發表了〈盛夏迎春記〉，希望喚醒新鄉讀者及僑界代表、重視定居國的正確時序，以免日久幌惚，積習難返；患上嚴重的鄉愁，活在過去的歲月裡。

每年夏末至初秋時，也就是二月和三月，恰恰是海峽兩岸三地人民以及東南亞地區華族們的春節，遠離原區地的大洋洲華裔們，保持固有風俗、慶祝傳統節日，不但是無可厚非，也該鼓勵支持。

問題出在世界各國並非都是相同的季節，那是地球自轉與公轉所衍生的結果。我們不能「如鴕

鳥」般無視於居住國的真正時序，硬要扭曲了本來季節。

無數大小華人社團、華裔宗教團體，紛紛在此「農曆傳統新年」期間舉辦所謂「新春祝福」？「迎春晚會」？「春茗」？「春宴」？「春滿人間」？等等活動。從中文請柬、宴會場地紅橫額所書、事前事後的新聞稿標題，莫不犯下了「扭曲季節顛覆時序」的錯誤。

此外、每年九月春天蒞臨時，恰逢是故國中秋佳節，大洋洲的華社也依樣葫蘆，在九月春光明媚時，人人閉上眼睛，無視真正季節，陶醉在「慶祝中秋佳節，慶祝中秋聯歡會」？「中秋賞月茶聚」？華族同胞們完全不懂新鄉季節？或根本不清楚、或習慣成自然、或不予深思、或真正「人在曹營心在漢」？大洋洲真真正正的中秋日，是在四月十五日啊！

想起學校的老師們，可真難為了這些作育英才的師長們，他們必定會教導學生們有關居住地的真正時序，讓小學生們懂得澳、紐新鄉的春、夏、秋、冬。可孩子們卻見到家長們明明在盛夏二月、卻要他們過「春節」？明明是百花齊放的春天九月，卻說要過「中秋」？回去問老師們，老師們該如何讓小朋友們：明白時序和季節是被大人們扭曲和顛覆了。

其實、在盛夏迎春，可改成「慶祝中國農曆新年聯歡晚會」，用「新春祝福」的宗教活動，何不照用請柬上英文New Year Blessing的中譯「新年祝福」？「春宴」改成「新年晚宴」，「春茗」寫成「新年茶聚」。

至於春天裡過傳統「中秋佳節」，只要明寫清楚是「慶祝中國農曆中秋節聯歡會」，吃月餅，過佳節，已成了一個傳統節慶，在海外，經已和季節無關；要保存故國風俗，也應要讓新生代兒孫們明白這個節慶的來源、起因及故事。但不可扭曲居留國的季節，在邀請官老爺及洋朋友的請柬上，切要讓被邀者明白，春天裡是在「慶祝中國的中秋佳節」，而非慶祝澳紐地區的「中秋」？

也許讀者會以為華裔族群顛覆季節無關重要，作者喋喋不休，未免小題大做？對於存有盡言責的作家觀點，這是大是大非的問題。

我們的僑領老爺老奶們，不是整日都在嚷嚷和呼籲我們「要融入主流社會」嗎？縱然未能即時的「融入」，也不該有「身在曹營身在漢」的心態啊。何況生活在一個四季分明的國度，為了毋忘故園，忽視現實，扭曲季節，把盛夏二月當成了「新春」？而將真正的春天九月夢幻成了「金秋」？豈非荒謬之至？

明知有誤，就不該因循，不可積非成是，以訛傳訛，應該改正。讓主流社會人士明白華族除了重視傳統節慶外，也明白身廁何國何地，清楚居留國的時序，我們並非一群「鴕鳥」。

但願來年接到邀函時，不再是盛夏時「迎春」而是「迎新年」，在夏天參加的不再是「慶祝新春晚宴」，而是「慶祝農曆新年晚宴」。不再是九月春季裡過「中秋」？而是春天中慶祝「華族傳統農曆中秋佳節」。

二〇〇七年三月三日初秋於墨爾本

# 向澳洲的越南人敬禮

澳洲特別廣播服務電視台（SBS頻道），於十月初開始每天清早定時播放半小時的越南事時節目，是直接轉播自河內電視台的內容。一如轉播香港、北京、德國等地區的電視台節目，目的是為了讓該等民族、能夠了解其原居地的新聞，對於作為一個服務性的民族社區電視台、是無可厚非的業務運作。

可是這個節目開始播出時，該電視台立即收到澳洲越南裔社區領袖的抗議公函，要求即時取消這個不受越裔人士歡迎的轉播。他們的理由是越南共產黨的事時新聞，全是帶有宣傳及虛假內容，再者因為這個節目的播放，引起他們精神上的痛苦。

該電視台決策人、自然不把這幾封來自雪梨，及墨爾本越裔社區代表的抗議信當作一回事，每日依然照播不誤。

得不到正視及回應的越裔社區，終於在十月底發動了一次、包圍雪梨特別廣播服務電視台（SBS）的大示威，為數八、九千人的越裔男女老幼，手持前越南共和國國旗，（黃底三條紅色橫線的旗幟，這面實際已無國土的淪亡旗幟，每年四月，在歐、美、加、澳等西方國家的越裔社區及商業中心，必到處迎風招展。依然是海外越南人士所公認的國旗，是自由共和的象徵。）在該台前高喊口號，反對該臺不尊重越裔父老的心聲及願望，要求即刻停播每日這輯不受歡迎的節目。

墨爾本的越裔人士也同時發動了示威，越裔的團結力量及反共意志，終於迫使該民族電視台宣佈停止播出這個越南事時節目。

讀到這則轟動的新聞，全澳各族人民莫不對越裔難民刮目相看，這些當年怒海餘生的逃共者，對共產極權政府始終如一的深惡痛絕。不但至今年年在四月底紀念淪亡國恥日，而且絕不認同那面被視為苛政的金星紅旗，依然以淪陷前的共和國國旗、作為對故國的忠貞表現。已經二十八年了，其心其志不變，不是個別之人，而是整個海外越南族裔，都有著共同的念理，其忠貞其團結其精神、其愛自由民主的決心，真正毋負逃奔自由的「難民」身份。可敬可佩，令人心折啊！

反觀來自中華民國臺灣的一些移民，早歲不但是國民黨的忠貞之士，有者更是飲國民黨奶水長大的人，為了貪圖小利虛名，一被中共領館統戰，便飄飄然以為「光宗耀祖」的樸向大陸的懷抱，自以為識時務者，搖身一變成了吹捧中共的文痞，寫些三流詩作對中共高歌頌德，也不怕肉麻。這些失節的糊塗蟲，還自欺欺人的找個下台階說什麼是不認同臺獨，反對臺獨，才投向大陸？真是荒天下之大謬也，中華民國的青天白日國旗、於然在世界上堂堂正正的飄揚，還擁有寶島這塊美麗的土地，反台獨更要熱愛中華民國，更要反大陸政權對民主自由的打壓。

那些從中南半島和越裔人士一齊逃亡的大批印支華裔難民，大多數安居樂業後對原居地及兩岸的政治不聞不問，這些餘生者心中對極權苛政，痛恨之情長埋心底。反而是那些掛上印支名號出來搞社團的所謂「僑領」？忘了當年的慘痛教訓，在領事們的統戰說詞下，受名利誘惑，被免費招待到大陸旅行後，便忘卻當年中共支持柬共波爾布特，支持越共對中南半島華僑的迫害、屠殺。這些父母妻女、兄弟姐妹的血海深仇竟抵不過統戰機構所許諾的虛名小利？更有甚者，甘心為虎作倀的某些「不知所謂的僑領？」，竟為中共塗指沫粉；這等已近六、七十歲、嗅到棺材味的老糊塗，大都不甘寂寞，寧背負失晚節的惡名，自以為是識時務的「俊傑」？其實是小丑化身，是出賣良知、良心的無行者，被有識之士嘲諷笑話。真是何苦來哉呢？

比起澳洲與分布世界各地的越南族裔，他們對故國的忠貞，對那面象徵自由民主的美麗國旗的熱愛；不論是已投共的臺灣同胞、老僑或印支華裔，真要無地自容啊。

結束本文前，特向全澳洲廣大越裔人士、此次用行動堅持其反共理念，取得大勝利迫使民族電視台，停播河內共黨政權的節目，老朽為他們歡呼，向他們敬禮！

二〇一三年十二月十九日於雪梨旅次

# 勿囿於鄉情宗親之誼

月初打了一篇名為〈淡化國家觀念〉的雜文，發表後意猶未盡，腦內纏繞著揮之不去的一個想法；海外華裔們如何能一步登天？至今依然到處在劃小圈子，怎可一下子提升到忘卻國家觀念？

首要的還是讓華社精英們從打破自囿的圈子內跨出去，才可望擴大團結，進而開拓胸襟，達到四海之內皆兄弟的境界，到時始會淡化國家地域觀念，形成真正的「地球村」。

早歲華僑從大陸移民海外，環境陌生、語言隔閡，為了守望相助，因而組成同鄉會、宗親會，在異域他鄉能與鄉親們聚首聯誼，可減少鄉愁又能相濟。如四邑人士到舊金山及澳洲新金山等地淘金，所成立的「四邑會館」，在悠長歲月中扮演了至關重要的角色。

當代的新移民，與百年前先輩們的遭遇已大不相同；或帶來大量資金在新鄉從事工商大企業；或是有技術專長的人士，或是留學生，基本已通曉當地語言，很快便可融入新社會，此等華族移民鮮少需要向同鄉或宗親求助。故此、這些囿於一姓一省或一縣的狹窄組織，實無必要。

過去多年參加各式社團宴會，每當同桌者有多人與我同姓，大家往往起哄要成立「墨爾本黃氏宗親會」，問到我時，必笑而搖頭；江夏黃氏宗親是中國姓氏排名前十大之一，姓黃者可不少呢，因而在宴會上同姓共桌者自然機率較大。尤其姓氏的衍生，並非一成不變。姓黃者、其先祖未必真個姓黃？

或父死母改嫁，後夫姓黃，被迫改為姓「黃」；或戰亂避禍、得罪權貴，由他姓改姓黃，亦有由皇帝老子一時高興，賜功臣新姓。因而、同宗者，追本溯源、也就未必「五百年前是一家人」了。比如岳飛後人，為了逃避災難，遠走它鄉避仇外，子孫改姓「山」，把「岳」字上半的「丘」字去掉。年代久遠後，岳王爺的後代也就演化成了姓「山」啦，與「岳」姓再難有宗親之情。

中華民族共有一萬六千多姓氏，如今存餘的姓氏也多達四千多。假設國人強調同宗才相濟，那中國姓氏就會劃分四千多個單元族群，豈非其亂無比？

閩南會館成立初時、同鄉來電邀我參加理事會，老朽不為所動；後來因會長盛情，我才充當「顧」而不「問」之虛銜。不少鄉親聚首，多用其它方言或普通話交談，連家鄉話也無法保存的鄉人，卻熱心於鄉誼？我至少還能說流暢的閩南鄉音，但兒孫們早已滿口英語和粵語了。要年青後代認同鄉情，何異緣木求魚？都在海外生活，本應打成一片；若為連絡鄉誼而各自組成百千個同鄉會，豈非自囿門戶？

再來是近年興起的所謂「校友會」，各國各地華裔小圈子中再劃上一個更小的圈子玩玩，反正早已是散沙，再分也無妨。

幾年前、駱青峰老師從紐約多次來電，熱心推動要我在墨爾本促成「福中校友會」分會？我們幾位當年同校同班的校友歡聚，大家也都接到駱老師電話，於是開展熱烈討論，結果是擱置了。

難得的是我們竟都不約而同，認為無此必要。試想、若中學同學成立「校友會」，那麼一位有博士學位者，豈非應參加「小學」、「中學」、「高中」「大學」及「研究院」等五種「校友會」？同校未必同班，同班未必志趣相同，亦未必有緣相逢，有幸再見，也多是「縱使相逢應不識」了。更何況和那大堆以前根本就不認識的學兄、學姐、學弟、學妹們，硬要組成「會」？想圖個什麼呢？我們寧可幾位相知的同窗偶而互約「共剪西窗竹」，把酒言歡，豈非樂事。

華社怪現象是都在呼籲「大團結」？可又拚命把「圈子」越劃越小、越分越細。有時不免猜測，不知是否由於「兩岸」尚未統一，雙方外交官為了較勁及向上層表功，積極推動或暗中促進這些同鄉會、宗親會、校友會之類的小組織。一則領事老爺領事老奶們可每晚享用免費餐宴，二來有報告可寫，升官才有望？

如海外華裔們能認識大局，開拓胸襟，勿再囿於同鄉同姓同校的小圈子內，勿再心繫鄉情、宗親、校友之誼，勿要心懷「偉大祖國」。有容乃大，四海之內皆兄弟，不但再不分什麼「同鄉」，什麼「宗親」，什麼「校友」，更要心無國界，我們都是地球人，都是萬物之靈的品種，一齊來愛護茫茫宇宙中這顆孕育萬物的地球。

果如是、海峽兩岸問題，就再也不成為問題了；當然、這無非是書生一番愚見吧了。

二〇〇六年三月二日初秋

# 生活質素與大國崛起

身為炎黃子孫，無論遠離故鄉多久，不管浪跡天涯海角多遠，只要沒有變為黃皮香蕉；愛鄉愛國之情、不因時空間隔而有所淡忘，大多數海外華裔基本上都對祖國萬分關心。當年，國父 孫中山先生領導革命、推翻滿清腐敗封建皇朝時，以及八年抗戰，海外華人都積極參與；不少華僑投身救國行列而犧牲生命成為烈士，才贏得國父賜贈：「華僑是革命之母」。

筆者也如此、對故國總有恨鐵不成鋼之心，撰文評論不當政策、或對騎在中國人民頭上的貪官污吏加以鞭笞嘲諷；完全出自「愛之深責之切」以盡作家言責的本份。

改革開放讓中國從極度貧窮的困境一躍而為經濟強國；國力提高後，不少中國人與世界各國華人均沾沾自喜，那是人之常情。可在喜悅之餘變成狂妄自大，自詡「大國崛起」，甚至認為已「超英趕美」？那就是井底蛙了。

如果那是崛起「事實」，真的可喜可賀。不過、那些狂妄者心中的崛起無非是國力強大，軍事裝備精良，國家富到流油等等表面現象。這些年、中國崛起之聲不絕於耳，困擾人的是，為什麼一個號稱崛起的大國子民，一有機會莫不想方設法辦移民到被他們看不起的「西方諸國」？

今天讀到「澳洲新報」元月九日國際新聞七十一版的頭條：「法國澳洲全球生活質素最高、美國跌至第七中國排九十七位」。讀完內容終於讓我明白那些整日高唱「中國崛起」的假愛國人士，為何都想逃出中國去洋人國家當二等公民？

由美國雜誌「國際生活」公佈的「年度全球生活質素指數」排行榜，經已辦了三十年；是根據聯合國教科文組織年報、世衛組織、美國國務院、自由軒等數據資料，包括生活費、經濟、環境、文化、消閒、基建、衛生醫療、安全度、自由度及氣候等準則，為世界一百九十四個國家的生活質素評分。

法國連續第五年被選為世界生活質素最好的國家，總得分八十二分；澳洲排第二，瑞士第三、德國第四、美國第七，亞洲排名最高的日本是第三十七、台灣第五十七、中國排九十七位、戰亂不息的伊拉克、阿富汗、也門、蘇丹等是最難居住的地方。

中國算來是不好也不壞，在一百九十四個國家中、剛剛是排在中間的九十七位。富有起來的中國人，一旦到了法國、澳洲、瑞士、德國等世界最好地區觀光；只要一比較，就明白了自己口中飄飄然的「大國崛起」，完全不是那回事。

良禽尚且懂得「擇木而棲」，何況是人？有錢有辦法的中國人，於是紛紛移往這些生活質素最好的國家定居，將「崛起的祖國」留給沒有辦法離開的中國人去陶醉。

「大國崛起」是當政者諸如胡主席、溫總理等等領導最愛聽的言論，那証明他們領導有方，政績優良啊。可對於十幾億的中國老百姓，還要等多久才能享受到一如法國、澳洲的生活質素呢？

優良的生活質素並非靠宣傳可以得到，而是全國全民共同參與完成；最重要的是各級官員們要清廉，才不會將中央撥款或地方稅收「中飽私囊」。單單這一項至少目前是無法企及了，在舉國被貪官污吏魚肉下的人民，要享受先進國家人民的生活，真是談何容易啊。

唯一辦法就是拋鄉棄國去洋人世界做二等公民，這樣「崛起」的大國國民實在可悲呢！清末民初及軍閥割據期的大陸南方沿海居民，由於國窮家貧、民不聊生而乘桴逃到東南亞成為華僑，備受排斥歧視、那是值得同情之不堪際遇。

今天高唱「中國崛起」的強國人，還想盡早逃離自己的家園，情何以堪呢？

大陸政權應將提升中國全民的生活質素、看成當務之急，當中國人民優良的生活質素提高後，才可無愧的自稱「中國崛起」啦！

二〇一〇年元月十日於墨爾本

語言文學類　PG3087　秀文學59

# 散沙族群

作　　者／心　水
責任編輯／莊祐晴
圖文排版／黃莉珊
封面設計／張家碩

發 行 人／宋政坤
法律顧問／毛國樑　律師
出版發行／秀威資訊科技股份有限公司
114台北市內湖區瑞光路76巷65號1樓
電話：+886-2-2796-3638　傳真：+886-2-2796-1377
http://www.showwe.com.tw
劃撥帳號／19563868　戶名：秀威資訊科技股份有限公司
讀者服務信箱：service@showwe.com.tw
展售門市／國家書店（松江門市）
104台北市中山區松江路209號1樓
電話：+886-2-2518-0207　傳真：+886-2-2518-0778
網路訂購／秀威網路書店：https://store.showwe.tw
國家網路書店：https://www.govbooks.com.tw

2024年7月　BOD一版
定價：360元

讀者回函卡

國家圖書館出版品預行編目

散沙族群 / 心水著. -- 一版. -- 臺北市：秀威資訊科技股份有限公司, 2024.07
面；公分. -- (語言文學類) (秀文學；59)
BOD版
ISBN 978-626-7511-01-5 (平裝)

855 113009118